WORLD TEACHER 6
異世界式教育特務

ネコ光一
Illustration：Nardack

雷烏斯 Reus
姊姊，妳行的吧？
那當然！
因為……我可是天狼星
少爺的徒弟。
艾米莉亞 Emilia

成長之時——
莉絲 Wreath

前・最強特務的活躍——
全殲所費時間……約一分鐘嗎。
有點退步了啊。
天狼星 Sirius

6
ネコ光一
Illustration
Nardack
WORLD
異世界式教育特務
TEACHER

CONTENTS

Illust:Nardack

《序章》

與諾艾兒他們道別，離開艾莉娜食堂後，我們來到某個小村落。

那裡是莉絲和母親一起度過童年的地方，我們的目標，就位在莉絲小時候的家後面。

「那就是蘿拉小姐的墓？」

「嗯，媽媽在這裡長眠。」

小小的墓碑擦拭得很乾淨，大概是莉絲離開後，村民偶爾會來這裡幫忙整理吧。

「等一下喔，我有很多事想跟媽媽報告。」

莉絲坐到墳墓前面，像在祈禱般閉上眼睛，似乎是在心中跟母親報告至今以來發生的事。

但她報告得挺久的，不曉得是不是有很多話要說。我不介意等她，可是她一下苦笑，一下臉紅，究竟在跟母親說些什麼呢？

過了一會兒，莉絲報告完了，將從附近摘來的花供在墓碑前面，站起身。

「……好了嗎？」

「嗯。對不起，拖了那麼久。」

「別在意。那接下來換我們囉。」

「是，從我開始對吧。蘿拉小姐，初次見面。我叫艾米莉亞，是莉絲的朋友——」

艾米莉亞第一個跟蘿拉打招呼，接著輪到雷烏斯和北斗簡單自我介紹，我是最後一個。

「初次見面，蘿拉小姐。我叫天狼星，現在負責照顧令嫒。」

兩姊弟自我介紹的時候都是平常心，只有我莊重地對墓碑……對蘿拉說道。

「之後我們預計和令嫒一起環遊世界。可能會遇到許多危險，不過您無須擔憂。我絕對會保護您的女兒妃雅莉絲。」

這句話不只是對莉絲的母親說的，也是我對自己許下的誓言。

莉絲跟姊弟倆一樣，是我心愛的徒弟，連偶爾會表現出殘忍無情的一面的我都願意崇拜，身為師父……不對，身為一個男人，我一定會好好守護她。

而且……莉絲可是她家人託付給我的重要之人。

不如說要是她有個萬一，溺愛莉絲到極點的父親與姊姊，可能會把我殺掉。

我回頭表示要說的都說完了，發現站在背後的莉絲滿臉通紅。

「莉絲姊，沒事吧？妳臉好紅。」

「沒、沒事！我只是有點難為情，或者該說有點高興……」

「我也好希望天狼星少爺跟我講這種話。」

「嗷！」

在墓前大聲喧譁不太禮貌，但莉絲看起來很開心，我想蘿拉一定會原諒我們。

看見弟子們自然的笑容，我感到一陣滿足，再次向蘿拉的墓鞠躬。

祭拜完莉絲的母親蘿拉後，我們在當地住了一晚，重新踏上旅程。

那裡是莉絲出生的地方，多留幾天也無所謂，莉絲卻說……

『沒關係的，我對這裡已經沒有留戀，媽媽肯定也會叫我盡早出發。而且我們得快點去找艾米莉亞和雷烏斯的故鄉才行。』

雖然我們不趕時間，早點啟程也沒壞處，我便收下莉絲的好意。

經過數日，我們抵達有通往阿德羅德大陸的定期船的港都。

不愧是港灣都市，那裡充滿活力。我們找好旅館，將馬車寄放在那邊，帶著引人注目的北斗走在路上。順帶一提，有狼族獸人看見北斗會跪下來膜拜，但我們走到哪都會看到這幅景象，早已習慣。

我們邊逛街邊走到停著一堆船的港口參觀，雷烏斯好像發現了什麼，開口問我：

「欸，大哥，我們的馬車要怎麼辦？這邊的船好像載不下它。」

「對呀。它對我們來說已經跟家沒兩樣，我不忍心把它留在這裡。」

「這個問題我當然考慮到了。來，看看這個。」

「啊，那是姊姊的……」

我拿出一張介紹信。

上面印著艾琉席恩的國徽，可以說是能讓我們坐這座港都裡最大的船的船票。

「有這封信就能搭上連馬車都容納得下的大型船。人家特地給了我這東西，我就不客氣地拿來用囉。」

「不愧是莉菲姊。我從來沒坐過船，超期待的。」

「我也好期待唷。」

因為遇見菲亞和萊奧爾的時候，我是用「空中踏臺」飛過去的。

老實說，那個移動方式跟密技沒兩樣，這次我們才要正式踏進阿德羅德大陸。

之後我們繼續在港口散步，找到船身上印著艾琉席恩國徽的大船，將介紹信及莉菲爾公主給我的斗篷拿給站在碼頭的船長看。

結果……船長一下就答應載客。不如說他反而在等我們來的樣子。

「您就是天狼星大人對不對？這是國王陛下親自吩咐的，我們會負責載各位到阿德羅德。」

「唔唔……對不起。」

船長笑著招呼我們，莉絲卻在我身後小聲道歉。可能是因為這樣搞得像靠家人的身分硬要人家幫忙，她覺得不好意思。

船明天早上出航，到時把馬車牽過來，就能直接送到船上。

「那麼，上船的總共四人加一隻從魔，以及一輛馬車……請問您知道馬車大概的體積及重量嗎？」

「大小和重量都跟一般馬車沒什麼差。載不下的話，只要裝備『泳圈』這種道具就能浮在水上，用船拖著就沒問題了。」

「那真的是馬車嗎？算、算了，總之應該沒問題，請各位明天早上再來。」

「好的。對了，方便請教國王陛下怎麼跟你說明我們的特徵嗎？」

「陛下寫在不久前寄來的這封信上。」

船長在我們拿出介紹信和斗篷前，好像就認出我們了，因此我有點好奇。

他拿出來的信上，寫著我們明顯的特徵……有幾個地方我很想吐槽。

帶著一隻大狼從魔和兩位銀狼族的黑髮青年……這我能理解。

可是關於莉絲，信上寫的是「兼具聖女般的慈愛與包容力的美麗女性」。

莉絲在學校被人叫做聖女，所以這麼形容並沒有錯，但這段描述不禁讓人懷疑是否有點太過頭。瘋狂稱讚莉絲，再加上字跡與莉菲爾公主不同，推測是卡帝亞斯自己寫的。

莉絲被那封信搞得一個頭兩個大，不用想都知道，回到旅館後她寫了封報告近況兼抗議的信回去。

隔天早上……請賈爾岡商會的分店幫忙送信到艾琉席恩後，載著我們和馬車的船出航了。

天氣晴朗，我握著欄杆感受舒服的陽光及海風，悠閒地看著海。

「喔耶——！太棒了！」

雷烏斯站在甲板中央的船桅頂端，放聲歡呼。他連安全繩都沒繫，威風凜凜地站在危險處，不過以雷烏斯優秀的平衡感，用不著擔心他摔下來。

北斗在甲板角落晒太陽。順便說一下，這艘船是定期船，因此船上也有其他乘客及水手，紛紛對北斗投以好奇的目光，卻沒人靠近牠，大概是因為會怕吧。北斗的毛被風吹亂了，等等得梳一下毛。

莉絲站到我旁邊，閉上眼睛任憑海風吹拂，看起來很舒服的樣子。藍色長髮隨風飄逸，相當美麗，害我有點看呆。假如莉菲爾公主和卡帝亞斯看到這個畫面……八成會激動不已。

我想著這些無關緊要的事，這時莉絲發現我在看她，好像突然想到什麼，問我：

「對了，爸爸說坐船的人會得『暈船』這種疾病，我們沒問題嗎？」

「現在不會覺得不舒服的話就沒問題。再說，所謂的暈船是……」

簡而言之，暈船是船的搖晃導致平衡感失調出現的症狀。

然而，我的徒弟平衡感也受過鍛鍊，照理說暈船的可能性很低。莉絲邊聽我說明邊感嘆出聲，頻頻點頭。

她還是老樣子，在疾病及治療方面是個求知欲旺盛的孩子。

莉絲的治療魔法遠比我高明，繼續鑽研下去，說不定能成為舉世聞名的醫生。雖然不知道她有沒有以此為目標，等她找到目標，必須盡全力支持她才行。

「人體真不可思議。可是這樣的話，艾米莉亞跟我們不一樣嗎？」

「艾米莉亞嗎？她確實有點不對勁。」

「嗯。上船後她就不太舒服的樣子，不如說有點心不在焉……你看，現在她也在那邊發呆。」

平常總是待在我身邊的艾米莉亞，在另一側的圍欄旁呆呆凝視海面。

她的背影散發出一股哀愁，所以我離開莉絲，走向艾米莉亞。莉絲在我背後雙手握拳，彷彿在為我加油。

「啊……天狼星少爺。」

「怎麼了？有什麼煩惱嗎？」

「沒有──不，您說得對。其實，我有點討厭起這麼沒用的自己……」

「方便告訴我原因嗎？」

艾米莉亞默默點頭，看著地平線開始述說。

「之後我們要去的地方，是我和雷烏斯小時候住的銀狼族部落……對不對？」

「對啊。除了要幫你們的父母與同胞立墓碑外，我還想跟你們的父母報告……我是你們的主人天狼星。」

「我真的很感謝您的心意。可是，那裡明明是我自己的故鄉，是我跟最喜歡的家人一起生活過的地方，我卻連它在哪裡都不知道。實在太沒用了……」

「別在意，妳不知道也是當然的。在故鄉遭到魔物襲擊前，妳從來沒踏出過那裡不是？」

「是的。我明白是我想太多，不過，一想到本來應該由我們為大家帶路，我就覺得……」

我猜是因為要回到早已滅亡的故鄉，令艾米莉亞情緒不穩，煩惱起不必要的事。

重點是，對親眼目睹親人被魔物吃掉的艾米莉亞來說，故鄉的悲劇在她心中留下深深的傷痕。

她必須靠自己的力量克服傷痛，我無法多說什麼。

但我們連阿德羅德大陸都還沒到，更遑論他們的故鄉，現在就開始煩惱有點太早了。

我想先讓她靜下心來再說，便摸摸她的頭，艾米莉亞一如往常搖起尾巴。尾巴搖晃的幅度偏小，看來還沒徹底恢復。

「好了，有時間責備自己，不如思考今後要做些什麼。現在就這麼煩惱會搞壞身體，這樣傷腦筋的會是我吧。」

「您會傷腦筋嗎……？呵呵，害主人為自己操心，確實不是稱職的隨從。這樣會被艾莉娜小姐罵的。」

「對吧？想點開心的事提振精神吧。有沒有什麼希望我為妳做的？」

「真的嗎？那……請您再多摸我一下。」

「知道了。是說我幾乎每天都會摸妳，妳不會膩嗎？」

「能感受到天狼星少爺的溫柔，怎麼可能膩呢。」

艾米莉亞尾巴搖晃的力道恢復成平常狀態，看來她終於復原。我回頭一看，莉絲笑著點點頭，似乎很滿意這個結果。

之後，我暫時陪在艾米莉亞旁邊，滿足她的要求，然而……

「天狼星少爺，您的肩膀可以借我靠嗎？」

「嗯，別客氣。」

「天狼星少爺，之後可以請您幫我梳毛嗎？」

「交給我吧。」

「天狼星少爺，可以咬您肩膀嗎？」

「抱歉，拜託不要。」

「是……」

……好險。

銀狼族的習性是咬對方的肩膀做為愛情的證明，愛越深咬得會越用力。萬一艾米莉亞現在咬我，豈止是流血，可能連我的肉都會咬下來。

她遭到拒絕，面露遺憾，靠到我肩膀上。在我摸她頭時，雷烏斯宏亮的叫聲響徹四方。

「大哥──！你看，那邊有好大的魚在游泳！」

「那孩子真是的……不過，這樣也是一種幸福。」

難得的好氣氛被破壞殆盡，艾米莉亞不悅地咕噥道，可是下一刻，她就笑著抱住我的手臂。

她看起來恢復正常了，然而，今後隨著我們越來越接近她的故鄉，艾米莉亞可能會再三發作。

這是她遲早該面對的問題，希望她能想辦法跨越，不過我得做好大概會需要下猛藥的覺悟。

阿德羅德大陸跟梅里菲斯特大陸最大的不同之處，就是到處都有廣大的森林。在人口比例上，獸人比人族更多，各式各樣的種族在這塊大陸上生活。

簡單地說，梅里菲斯特大陸人族多，阿德羅德大陸則是獸人較多。

船開到通往阿德羅德大陸的門戶之一——名為梅吉那的港都時，天色已暗，因此我們決定今天不蒐集情報，找家旅館好好休息。

弟子們似乎因為第一次坐船玩得太盡興，一躺上床就墜入夢鄉。不對……只有艾米莉亞來夜襲，因此我按照慣例，先摸摸她的頭哄她睡著。

隔天，我們將馬車寄放在旅館，一面蒐集情報，一面在街上散步。

我們去了梅吉那鎮的冒險者公會，還邊走邊逛販賣罕見食材及魔導具的攤販，晃著晃著就中午了，所以我們暫時休息，到附近的食堂吃午餐。

「好吃是好吃，但有種狂用香料的感覺。」

「比起食材本身的味道，香料的味道更加突出。和天狼星少爺做的菜不同，味道不夠纖細。」

「明顯反映出地區及文化的差異。對了，這個香料……可能可以拿來做那個。」

「喔喔！大哥，你又有新菜的靈感了？」

「只是可能而已。我先多試幾次，給我點時間研究。」

「「是──」」

像小孩子一樣的弟子們，使我忍不住苦笑。吃完午餐，我們喝著店裡的果汁，整理目前蒐集到的情報。

花了半天在冒險者公會和街上詢問銀狼族的資訊，結果……

「幾乎沒有跟部落位置有關的。」

「都是『東邊或西邊說不定有』之類的籠統情報呢。」

銀狼族數量絕對稱不上少，不過大概是因為他們都在森林深處生活，相關資訊寥寥可數。

除此之外，走在路上的話，北斗固然引人注目，艾米莉亞跟雷烏斯也會吸引大量目光。其中還有疑似奴隸商人的人，甚至有來跟我開價的。

「這位小哥，看你帶著銀狼族，很厲害嘛。願不願意開個價賣給我？」

「真稀奇的支配項圈。長得好看，毛也漂亮，女的三十男的二十如何？」

「喂，那邊那個男的。我不知道你是哪來的貴族，給我把銀狼族留下然後滾──嗚噗!?」

那些人好像把脖子上的頸鍊看成支配項圈，以為兩姊弟是我的奴隸。

有禮貌的人我會明確拒絕，糾纏不清的就無需客氣，直接揍飛。我比較擔心兩人的反應。

明明是我的弟子兼隨從，被誤認為奴隸應該會很不高興吧……

「我本來就可以說是天狼星少爺的奴隸。」

「只要能待在大哥身邊，當什麼都好啦。」

他們一如往常的態度，令人神清氣爽。

我讓北斗負責趕走來找麻煩的人，一邊蒐集情報，與銀狼族有關的消息果然屈指可數。

「目前最有用的情報，是很多人說曾經在西邊的森林看見銀狼族。我們再多打聽一下，沒有任何收穫的話，可以考慮去那邊看看。」

「到時就輪到我和雷烏斯表現了對吧？」

「嗯，你們靠直覺和嗅覺找找看。銀狼族發現同族的氣息，也可能主動出來。」

「好，交給我們吧！」

我定好計畫，接著來到鎮上的貧民窟。

雖然被愚蠢之徒纏上的可能性大幅提升，有時在這種地方會取得意想不到的情報，靠賣情報維生的人也容易潛藏在這裡。

而且弟子們也夠大了，我想讓他們學習一下這方面的新知識，才把他們帶過來。這種治安不好的地方會有自己的規矩，因此我叫他們沒搞清楚規矩就不要接近，絕對不可以一個人來。

「這裡麻煩人物比較多，除非有那個必要，否則別太靠近他們。」

「我知道。天狼星前輩為什麼對這方面那麼瞭解？」

「以前經歷過許多事。有機會再跟妳說，注意別離我太遠——艾米莉亞，怎麼了嗎？」

「天狼星少爺，那邊……」

「姊姊也發現了嗎？那就沒錯了。」

踏入貧民窟的前一刻，兩姊弟盯著某個方向，停下腳步。

這種地方又髒又亂，所以瀰漫著一股不太好聞的味道，但從姊弟倆的表情看來，他們在意的似乎並非異味。

兩人彷彿被什麼東西引導著，邁步而出，我跟莉絲則警戒著周遭，跟在後頭。

走了一段路，兩人停在貧民窟不遠處的建築物之間的巷子前，看著隨便扔在地上的廢料。

「……那裡有東西嗎？」

「是的。對不起，沒得到您的同意就擅自行動，可是我真的很在意。」

「大哥，在那！」

雷烏斯面色凝重地指向一堆廢料，不過仔細一看，可以在陰影處看見疑似人腿的東西。

「那個人的氣味跟我們一樣。大概是銀狼族。」

「大哥，我想……」

「嗯，照自己的意思去做吧。」

「謝謝您。」

看見我點頭，兩姊弟慢慢走過去，一名擁有狼尾、年近三十的銀髮女性倒在地上。

從外表看來無疑是銀狼族，跟我撿到兩姊弟時一樣，戴著支配項圈，現在非常衰弱。

幸好沒有被人虐待的跡象，她沒穿鞋子，腳板血流不止，恐怕是從奴隸商人手中逃出來的。

她旁邊有個五歲左右的男孩，長得跟她很像，再加上他拚命呼喚這位女性，推測兩人是母子。小孩子沒戴項圈，八成是奴隸商人覺得孩子離不開母親，所以不需要戴。

銀狼族母子被突然出現的我們嚇了一跳，母親緊緊抱住孩子保護他，警戒起來。

「什、什麼人!?」

「請妳冷靜點。我們是來救你們的。」

「妳看。」

「難道，你們是……」

「是的，我們是銀狼族。我想幫助你們，可以請妳說明狀況嗎？」

「啊啊……太好了。雖然我們素不相識，有件事想拜託你們。請把這孩子帶到安全的地方……」

看到姊弟倆跟自己同樣是銀狼族，銀狼族女性鬆了口氣，不過她的表情立刻轉為嚴肅，想將懷裡的孩子抱給艾米莉亞，然而……

「不要！我要跟媽媽在一起！」

「不可以。只有你一個人逃掉也好！」

小孩死命抓著母親，不肯放開。

從這個狀況推測，母親知道戴著支配項圈的自己不可能逃掉，想把孩子託付給艾米莉亞。

初次見面就敢把小孩交給對方，是因為銀狼族的特徵是同族間緊密的羈絆吧。

艾米莉亞瞇起眼睛，看著這對互不相讓的母子。

「……媽媽。」

「姊姊，動作快。」

「……說得對。請放心，我們不會對兩位見死不救。所以可以請妳先冷靜下來，告訴我發生了什麼事嗎？」

「不行！不快一點的話，那些人會——」

銀狼族女性著急地說，這時由於北斗開始低吼，我便發動「探查」，偵測到有五個人正在接近。

「雷烏斯，你想負責哪邊？」

「多的那邊。因為我有點不爽。」

「那就是對面。盡量手下留情啊。」

「知道了。」

決定好之後，我和雷烏斯分頭行動。雷烏斯那邊有三個人，站在另一邊的我前面則出現兩名男子。

「這群小鬼是怎樣？快給我滾，別擋在這種地方。」

「等等，這傢伙是銀狼族耶，後面還有女的。」

「太棒了，完全符合雇主開的條件！」

我在那群男人看著我們的時候定睛觀察，發現他們手上刺著小小的刺青。

昨晚，我獨自偷跑出旅館調查，得知那個刺青是以梅吉那為據點的地下組織的成員證明。突然跟地下組織扯上關係實在很麻煩，不過有件事令我有點在意。

五名男子奸笑著走過來，我和雷烏斯一散發出殺氣，他們就停下腳步，因此我立刻提問。

「我問你們，你們是『多特列斯』的成員沒錯吧？」

「噢，你聽過我們？那就好說了，把那幾個銀狼族留下，趕快滾蛋。否則你們統統沒辦法活著走出這個鎮喔？」

「我還沒問完。這對母子是你們擄來的嗎？是組織的決定？」

「是不是都無所謂吧。勸你最好在嘗到苦頭前──」

「抱歉，這很重要。你不說我就來硬的了。」

拿武器的架勢接近外行人，再加上一副要拿組織當後盾的態度，看來不是我們的對手。

我瞬間衝到缺乏危機意識的兩人面前，將力道控制在不會弄暈他們的程度，揍向其中一人，讓他失去戰力。另一個人趁機逼近我，北斗從旁用前腳攻擊，一擊將他打趴在地。

我收拾好殘局的時候，雷烏斯那邊也結束了。

他在向前踏步的同時揮下大劍「銀牙」，將兩名男子轟到陷進旁邊房子的牆壁中，用拳頭打飛剩下一人手中的劍，再一拳往肚子揍下去，揍暈驚慌失措的對手。

他似乎被這群男人搞得很火大，有點沒拿捏好分寸，導致這一拳可能會擊碎對方的骨頭，不過人還活著就沒問題了吧。

我叫雷烏斯把地上那幾個人綁好，抓住還在痛得哀哀叫的男人的頭髮，直接把頭拎起來。

「這你們自找的。好了，回答我剛才的問題吧。」

「咳咳！竟敢對我們做這種事……我要讓你吃不完兜著走……」

「這句話我原封不動還給你。是組織叫你們抓銀狼族，還是你們自作主張？不快點告訴我，你的人生就要到此結束囉？」

「嗚……是、是顧客的委託。鎮上的貴族直接來找我們，說想要銀狼族的女人……」

「……好。你可以休息了。」

我逼他吐出必要的情報後，打暈那名男子。

這樣銀狼族母子就安全了，然而不曉得是不是因為我們有點做得太過火，那對母子看著走回來的我和雷烏斯，嚇得半死。

因此我跟他們保持一段距離，站在旁邊看。為了讓兩人冷靜下來，艾米莉亞笑著解釋：

「這位是我們的主人，另一人是我弟弟。如妳所見，他們已經把那群男人解決乾淨，可以放心了。」

「你們到底是……？還有，妳那個項圈該不會……」

「這只是飾品而已。而且請看，妳覺得我看起來像受過虐待嗎？」

「確實……不像。妳過得很幸福的樣子。」

「是的。我並非主人的奴隸，是基於自己的意思侍奉他。雖然我有很多事想跟妳說明，先把那個項圈拿掉比較好。」

大概是艾米莉亞柔和的笑容讓她恢復鎮定了吧，銀狼族母親慢慢放鬆下來，我將在那群男人身上找到的項圈鑰匙遞給艾米莉亞。

「艾米莉亞，這個。」

「謝謝您。請妳先不要動喔。」

一轉動鑰匙，項圈便發出沉重聲響掉到地上。銀狼族女性哭著抱緊孩子。艾米莉亞像在看某種耀眼之物般，瞇眼看著這對母子。

「嗯，家人果然還是要在一起最好。」

「是啊。不過，事情有點麻煩了。」

我嘆了口氣，低頭看著被雷烏斯綁起來的男人。

這些傢伙之所以要抓銀狼族，是某位貴族親自委託的，與那個地下組織有關的可能性很低。不如說，允許成員抓銀狼族的組織未免太愚蠢了。

梅吉那不是多大的城鎮，不過既然是在這裡掌權的組織，照理說應該要知道對銀狼族出手的危險性，因此我認為這肯定是他們的獨斷專行。

由於處理起來太麻煩，我本來打算放著這群男人不管，但他們回據點後很可能會跟上頭亂說話。

我看把他們放回去時，順便跟組織打個招呼比較好，也可以確認真相為何。在此之前最好先跟這對母子問清楚事情經過。

他們抱在一起，莉絲擔心銀狼族女性的傷勢，站到艾米莉亞旁邊拜託她讓自己幫忙治傷。

「那個，妳的腳沒事吧？不介意的話，請讓我為妳治療。」

「她是我的朋友，值得信賴。這孩子看到傷口會非常想把它治好，可以請妳答應她嗎？」

「這個……那麼不好意思，方便麻煩妳嗎？」

「交給我吧！」

有同族的說服果然不一樣，銀狼族母親乖乖接受治療。

莉絲發動魔法，用水包覆住她的腳，我看著這一幕慢慢接近，以免引起他們的戒心。

「不好意思，在治療時打擾你們。兩位是被那群男人抓來這座城市的吧？可否告訴我詳細情況？」

「好、好的。其實我們——」

聽銀狼族女性說，母子倆住在西邊森林的部落，當時兩人到村外採集果實之類的食材，在森林裡散步。

然而，當天他們一直找不到糧食，便走到比較遠的地方，結果撞見這些人，孩子被盯上再加上對方人多勢眾，就被抓住了。

她被戴上支配項圈，抓到這個城鎮時，趁其不備逃了出來，卻因為項圈的關係處於虛弱狀態，用盡力氣倒在這裡。

「項圈只有一個，所以這孩子逃過一劫，可是他說什麼都不肯離開我……」

於是，母親想設法讓孩子逃掉，在拚命勸他的時候遇見我們。

經過一番波折，母子倆都平安無事——雖然講這種話有點現實——我也找到通往銀狼族部落的線索，所以就這樣吧。

這也是託艾米莉亞跟雷烏斯的福，之後得好好犒賞他們。

總之被害者的證言問到了，這樣就能毫無顧忌前往他們的根據地。

「謝謝妳。明天我們會送妳回部落，今天請妳在飯店休息。」

「那個，為什麼要救我們？我們互不相識，我也沒什麼可回報的……」

「詳情艾米莉亞會告訴妳。艾米莉亞、莉絲，交給妳們了。」

「瞭解。請問您要去哪裡？」

「天狼星前輩不跟我們一起回去嗎？」

「我還得負責善後，又想快點讓她休息，所以暫時分開來行動比較好。」

「那我是不是要陪姊姊她們一起回旅館？」

「嗯。你幫忙保護──」

仔細想想，我來貧民窟是想順便讓他們學習那方面的社會知識。

我不太希望艾米莉亞和莉絲跟這種事扯上關係，不過雷烏斯的話，多累積點這方面的經驗應該比較好，而且護衛不只他一個。

「不，雷烏斯和我一起去。北斗，她們就拜託你囉。」

「嗷！」

「大哥，我可以跟去喔？嘿嘿，知道了。」

只有女生，銀狼族女性也會比較放心吧。

雷烏斯因為能與我同行，高興得不得了，代替他的北斗趴在母子面前叫了一聲，叫他們坐到背上。

「這、這位莫非是!?這樣太失禮了，我們擔待不起！我、我自己走就好……」

「我明白妳的心情，但妳一直戴著項圈，想必很不舒服吧？別勉強。」

「嗷！」

「遵、遵命。既然百狼大人這麼希望。」

總覺得麻煩北斗護送反而害她緊張起來，可是有北斗在能保證安全，就當沒看見吧。

那邊交給北斗，盡快處理好我這邊的事吧。因為母子倆是昨天被抓的話，明天就得送他們回去，時間有點趕。

好了，那群人知道真相，會露出怎樣的表情呢？

「走囉，雷烏斯。」

「喔！」

雷烏斯朝氣蓬勃地回應，把那幾個男人都扛起來後，我朝「多特列斯」的據點邁步而出。

「大哥，要去哪？」

雷烏斯輕鬆背著被五花大綁的男人，尾巴搖來搖去，跟在我後面。

平常我為了做這種事單獨行動的時候，都會叫他跟艾米莉亞她們一起回去，保護人家，或許是因為這樣，這次能跟我共同行動，他非常開心。

即使我說等等要直接殺入敵陣，他八成也會興高采烈地照做，可惜這次應該沒有他出場的機會。

「我們要去那群男人的根據地，你什麼都不用做，待在我後面就好。」

「是可以，大哥你要一個人跟他們打喔？」

「啊……你好像誤會了，我的目的不是搞破壞，是要去跟他們談事情。」

「咦!?那裡可是這種爛人的根據地耶？」

雷烏斯對那群男人投以輕蔑的目光。他們抓走雷烏斯的同胞，不能怪他這麼生氣。

然而，根據剛才的對話，他們所屬的組織「多特列斯」很可能與這件事無關，我認為有問題的是委託他們的貴族。只因為小嘍囉幹的壞事就下判斷也不好，每次都要為一點小事摧毀一個組織的話，永遠沒完沒了。

雷烏斯看起來天然又莽撞，卻絕對不笨。

想讓他明白不是只要把對方放倒就好，必須要……

「雷烏斯，你聽好。什麼問題都用蠻力解決，跟看到盜賊就砍的萊奧爾一樣喔？」

「那怎麼行！我會小心。」

這是事實，所以我不會道歉的……爺爺。

雷烏斯明白這點後，我向他說明這次的意圖，叫他在後面學習我的做法。

「以我們現在的力量，想把他們的組織整個毀掉很簡單，不過我希望你知道還有這樣的世界、這樣的做法。總有一天或許會派上用場，學個經驗應該不會有壞處。」

「意思是，在旁邊看也是訓練的一種嗎？我懂了。」

我哄著幹勁十足的雷烏斯，走進貧民窟不遠處的小巷子裡，那裡有家故意蓋得不引人注目的小酒館。我昨天查到這裡是多特列斯的據點。

一靠近酒館，坐在入口附近的椅子上喝酒的數名男子就往這邊瞪過來，我還發現有人躲在附近的建築物後面監視我們。哎，我們背著他們的同夥，有這種反應並不奇怪。

「大哥……有兩個人躲在後面。味道和氣息我都感覺到了，應該不會錯。」

「我也是。集中精神，等等發生什麼事才能應對。」

我小聲數著躲起來的人的數量，接近酒館入口，坐在門口的一名男子站起來走向我們。

「喂喂喂，小鬼頭來這種地方……有什麼事啊……」

這人腳步搖搖晃晃，儼然是個醉漢……不過這是裝的。

他喝了酒而且喝醉了是事實，但我看得出他眼中還有理性，這傢伙是負責趕走外人的吧。

「沒什麼，我們有重要的事要進裡面談。啊，你袖子上沾到髒東西囉。」

因此，我假裝幫他拍袖子，在他手中塞進一枚銅幣。

醉漢哼了一聲就走掉了，又坐下來開始喝酒。

那人來糾纏我們的原因，是要測試來者會不會被區區醉漢嚇跑，銅幣則是用來判斷對方捨不捨得花錢，類似入場費。

之後再也沒有人來找碴，我們順利進入酒館，不過大概是因為天還亮著，裡面人不多，桌子有好幾張，人數卻屈指可數。總之我先走向吧檯找店長，這時雷烏斯在我耳邊小聲問道：

「大哥，真的是這裡嗎？我們帶著這幾個人，他們卻完全沒動手，甚至問都沒問耶？」

「在這種地方打起來，不就等於告訴大家這裡是他們的據點？要動手的話會在更裡面。注意點。」

「知道了。」

也有可能是這幾個男人對組織來說，是捨棄掉也無妨的小嘍囉。

從酒館的氣氛及人的氣息來看，這裡無疑是他們的根據地，於是我放了一枚銀幣在吧檯上，跟老闆點酒。順帶一提，雷烏斯正好奇地環顧四周。

「老闆，多特利姆一杯和萊斯里一杯。」

「請回。這裡沒賣那種酒。」

「那就多特利姆八分濃。」

「……等一下。」

店長板著臉走到裡面，看來我成功與組織接觸了。

這家酒館有賣幾種梅吉那特有的酒，點沒列在菜單上的兩種酒就是祕密暗號，表示希望與組織的人見面。

根據情報販子提供的情報，多特利姆的濃度疑似象徵會談的重要性。其實我很想回答最高的十分濃，但最糟糕的情況是可以避免的，我便只回答八分。

過沒多久，店長帶了一個男人回來，我們在那人的帶領下進入裡面的門。

走下昏暗的樓梯後，下面有好幾扇門，我們進入其中一間房間。

是只有兩張沙發和一張桌子的單調房間，我感覺到好幾個人躲在東西後面及暗處，卻故意裝作沒發現。

沙發上已經有一名男子，身後站著疑似祕書的女性，因此我坐到他對面。至於雷烏斯，他把那些人扔到地上後，站在我後面待命。

看他銳利的視線，眼前這男人並沒有小看我。

「跟我聽說的一樣，真年輕的小夥子。找我們幹麼？」

「在那之前有一件事。你們的同夥對我們糾纏不清，所以我來把這些人送回來。」

「嗯？啊——確實是我們的成員。我對這些傢伙沒什麼印象，是新人嗎？」

坐在沙發上的男人對背後的女性說，女性點頭肯定。

「是的。他們加入後馬上就不見蹤跡，大家都以為他們已經死了。」

「這樣啊，我們家的年輕人似乎給你添麻煩了，不過你特地送他們回來是什麼意思？要我付賠償費嗎？」

潛伏在四周的人瞬間釋放殺氣，雷烏斯反射性握住劍柄，我用視線叫他解除警戒。因為一點殺氣就打起來，怎麼跟人交涉呢。

「不需要。送他們回來只是順便，主要目的在於有重要的情報通知您，以及我個人的請求。」

「情報和請求？竟然淪落到要外人提供情報，我們也墮落了啊。所以？你所說的情報是？」

「知道這些男人在森林抓了銀狼族回來，您還講得出這種話嗎？」

「什麼!?」

男人震驚得站起身，俯視倒在地上的同夥。

他懷疑地看著我，前一刻的從容蕩然無存，可是看到我帶著身為銀狼族的雷烏斯，他似乎相信了。

「喂！把那傢伙弄醒！」

男人一下達指示，隨侍在旁的女性就拿水壺裡的水潑下去，用力拍打他的臉頰，硬把他叫醒。這做法相當粗暴，但考慮到現在的狀況，也不是不能理解。

「唔……頭、頭子？」

「喂，你為什麼被那邊那兩個人弄成這樣？」

「就、就是他們，頭子！那兩個小鬼來礙事！好不容易有賺大錢的機會！」

「哦……怎樣的機會啊？說。」

「是銀狼族！有個貴族來委託我們，說要出五十枚金幣買銀狼族的女人！」

「……然後你就把銀狼族抓來了？」

「我們在森林裡找，碰巧發現的。結果不小心在把那女人帶回城裡時被她逃掉，我們立刻追過去，那兩個小鬼就──」

「夠了。睡吧。」

那人一看到首領，就在他的誘導詢問下立刻證明我所言不假。

首領傻眼至極，直接踹了他的臉一腳讓他再度昏過去，嘆著氣坐回沙發上。

「我記得這群白痴是外面來的吧？」

「是的，前幾天剛從其他大陸過來的樣子。所以他們才不知道情況有多嚴重。」

「混帳東西！得趕快把銀狼族送回去……」

首領這麼驚慌的理由，是因為他們不小心抓了銀狼族。

銀狼族是同族間的羈絆非常緊密、最重視同伴及家人的種族。還有人說銀狼族一旦結婚，就不會再與伴侶分離。

曾經有某國的國王基於私欲綁走一名銀狼族女子，為了帶回那個人，數量不及一百的銀狼族集體朝那個國家發動攻擊。

體能普遍優秀的銀狼族，以壓倒性的戰力差葬送了大量士兵。

儘管那個國家靠數量優勢勉強擊退銀狼族，卻因為損失甚劇，導致國力衰退，再加上點燃戰火的王族的惡行惡狀被攤在檯面下，最後滅亡了。

這起事件過後，綁架銀狼族就成了禁忌。如果想帶走他們，必須與那名銀狼族締結深刻的羈絆，得到對方家人的承認。

在鎮上的奴隸商人對我說「很厲害嘛」就是這個意思。只要與銀狼族締結羈絆，就能讓他們跟同族說明，減少被攻擊的可能性。

這在阿德羅德大陸是挺普遍的知識，然而聽首領與祕書的對話，他們好像失敗過不少次。

若不把人送回去，銀狼族可能會在幾天內殺進梅吉那鎮，救回被擄走的同伴，想必首領十分著急。

總之他已經理解現狀，我便接著說道：

「打倒他們後，我們救了被抓走的銀狼族。現在您明白我不是要來找組織麻煩了吧？」

「嗯，幫大忙了。萬一就這樣放著不管，這些智障可能會在我們知道這件事前把銀狼族交給雇主。到時候，大概做什麼都無法挽回。」

「至於我的請求，可以請您讓我負責把銀狼族送回去嗎？」

「……理由是？這對你有什麼好處？」

「我後面這位是銀狼族。我因為某些原因跟他一起成長，如今是家族般的存在。之所以這麼做，是為了他擔心的同族，這理由不夠嗎？」

老實說，我只是想去銀狼族的部落，不過對我而言，姊弟倆確實是不可或缺的存在，所以我給的理由不算有錯。當然，莉絲跟北斗也是我重要的夥伴。

雷烏斯默默站著聽我說話，努力忍住不要笑出來。可是他的尾巴在從正面看不到的角度狂搖，總覺得他拚命忍笑沒什麼意義。

「明天早上我們會離開梅吉那，前往銀狼族的部落，請被抓走的銀狼族幫忙帶路，跟同族說明事情經過。對你我都沒壞處吧？」

「你可能會帶著那個銀狼族逃走吧？有同族在的話，想跟她培養感情也並非難事。」

「那我何必來這裡？我來找你們……是為了提供情報，還有麻煩你們……幫忙善後。」

「不用你說，我也有這個打算。」

我到這裡來的主要目的是讓雷烏斯累積經驗，除此之外，其實還有另外兩個理由。

一個是剛才說的提供情報。

多特列斯雖然是地下組織，好像會遵守一定的規矩，還會幫忙維持鎮上秩序，避免從外地而來的不良分子在這擴張勢力範圍。因為手下犯了愚蠢的錯誤就毀掉整個組織，未免太可惜。

第二個理由是，為了收拾罪魁禍首。

抓來銀狼族的是地上這群男人沒錯，不過，問題源頭終究在於他們的雇主。放著不處理的話，這傢伙可能會再犯，應該要確實解決掉他。既然我的同伴裡有銀狼族，危險的雜草就該斬草除根。

由我親自下手也可以，但我明天就要啟程，害組織蒙羞、害整個城鎮差點遇到危險的愚蠢之徒，還是交給當地人處理比較好。

「雇主是不住在阿德羅德大陸、對銀狼族有興趣的貴族或更有地位的人吧。您是不是心裡大概有個底？」

「是啊，做為阻止這群白痴的謝禮，就告訴你們吧。其實之前就有類似的人跟我們接觸過。前幾天，有個貴族想委託我們抓銀狼族，我當然跟他解釋過，拒絕了他，可惜那個智障聽不懂。」

首領還跟我說，那名貴族是其他大陸出身的人，對銀狼族的渴望強烈到不惜特地跑來阿德羅德大陸。這種人當然不可能聽進別人的制止。

最後，那名貴族沒有放棄，看到冒險者就去問，找人接受他的委託。雖然他們不覺得這塊大陸上會有人笨到接下這種任務，多特列斯好像也看不下去，打算行動。

「我看那人可能會鬧出問題，本來想威脅他，叫他別幹這種事，沒想到我們這邊的無知新人不但接了委託，好死不死還讓他們這麼快就抓到銀狼族。」

「只能說運氣不好……那麼那人就麻煩您處理了，被抓走的銀狼族方便讓我們送回去嗎？」

「……沒辦法。仔細一想，他們應該不會想看到抓走同伴的人族，交給帶著銀狼族的你是最適合的。你會乖乖把人家送回去吧？」

「請您放心交給我。我要說的就這樣，失陪了。」

若是一般狀況，我不可能得到他們的信賴，可見與銀狼族有關的問題有多敏感。他應該是認為與其讓被討厭的人族送人家回去，由帶著銀狼族的我出馬，事件平安落幕的可能性比較高。

總之對方也答應了，之後交給他們就行了吧。

交涉完畢，因此我準備離開，這時首領對我扔出一枚銅幣，我在空中接住它。

「我不欠外人人情。入場費還你，你願意分享情報給我，我也會告訴你對等的情報。」

如我所料，他是有借有還的類型。不枉我提供情報給他。

「剛才我說的貴族在召集品行差勁的冒險者。你們今天一整天都在鎮上晃。剩下不用我多說了吧？」

「動作真快。我隱約有預料到就是。」

「由此可證他有多想要銀狼族。真是，這股熱情拿去用在其他地方上好嗎？噢，還是跟你講一下，我們的人沒加入喔。不如說就算有，那種蠢貨也不關我的事。」

「瞭解。那我就不用顧慮了。」

「愛怎麼做就怎麼做吧。喂，讓這群白痴把知道的情報全吐出來。別客氣。」

還完人情，首領就沒話跟我們說了，無視我們開始對下屬下達指示，於是我和雷烏斯默默離開。

走出酒館，回到行人眾多的街上時，雷烏斯放鬆下來，深深吐出一口氣。看來他果然不習慣只在旁邊看。

「辛苦了，可以恢復正常囉，雷烏斯。你看到我跟地下組織交涉，有什麼感想？」

「大哥說我們是一家人，我超高興的。」

「不是那個，現在你明白凡事不一定要靠蠻力，還有其他方法解決問題了吧？」

「感覺好難，不過我知道除了用砍的用揍的，還有很多做法了。」

跟地下組織的對話對他來說似乎太複雜，但雷烏斯自己也得到了某種體悟，咧嘴一笑。

「不能因為對方是壞人就直接拿劍砍。除了明顯腦袋有問題的人，我會想一下再砍。」

「好吧，這次你光理解這點就夠了。聽好，雷烏斯，你想走的道路需要各種經驗，所以這次我才帶你一起來，可是不需要著急。要穩穩踏出每一步，逐漸成長。」

「喔！我會努力回應大哥的期待。」

只會基於本能看到壞人就砍，就跟那個剛劍——不對，暴走萊奧爾一樣了。

可是雷烏斯天生的直覺非常優秀，遵循本能戰鬥也未必有錯。這個徒弟雖然容易失控，未來絕對大有可為。

「是說大哥，萬一那些人不理你或主動攻擊我們，你打算怎麼辦？」

「直接動手。只會為了滿足欲望而行動的組織，無須留情。」

「這才是大哥。」

「我們有錯的話自然另當別論，但我不會對無緣無故攻擊你們的人留情。」

「怎麼大哥比我們還像銀狼族。」

我跟高興得尾巴搖來搖去的雷烏斯一起走在路上，回到旅館。

我們在旅館訂的是兩間雙人房，不過我剛才拜託先回去的艾米莉亞她們，把其中一間換成四人房。

順帶一提，北斗不能進去，因此我讓牠待在馬廄，順便顧馬車。回房前我先去看了一下北斗，不愧是人稱神之使者的百狼，馬廄裡的馬都對牠表示尊敬。

欣賞完這有趣的畫面，我來到四位女性住的房間敲響房門，艾米莉亞立刻開門。

「天狼星少爺，歡迎回來。」

「我回來了。我要辦的事處理好了，妳那邊如何？」

「是。我跟那位女性說明完情況，她就冷靜下來了，莉絲已經幫她治療完畢，現在在靜養。她還一直說想跟您道謝。」

「雖然找到他們的人是你們而不是我，還是先跟她談一下好了。」

我在艾米莉亞的帶領下進入房間，躺在床上的銀狼族母親坐起上半身，對我露出柔和微笑。她被人族害得那麼慘，我還以為她可能會討厭同為人族的我，看來應該沒問題。

莉絲與銀狼族小孩坐在旁邊的床上，一起吃推測是在路邊攤買來的肉串。

這也是多虧莉絲人品好吧？認識不到半天，他們的感情就變得跟姊弟一樣好。

「你就是天狼星對吧？真的很感謝你在我們遇到危險時出手相助。都是託各位的福，我和這孩子才免於被拆散。」

「找到你們的人和說要救你們的人，都是艾米莉亞和雷烏斯。要謝的話請您感謝他們。」

「那當然，不過我也想跟你道謝。因為你以前救了我們的同伴艾米莉亞和雷烏斯。我在此代表一族向你致謝。」

八成是聽艾米莉亞說的。僅僅因為同族，就連救了姊弟倆一事都跟我道謝，不愧是重視羈絆的銀狼族。

「我只是做了自己想做的事。話說回來，可否請教您的名字？」

「啊，對不起，我還沒自我介紹。我叫愛梨。那孩子是我兒子克瓦多。來，跟恩人哥哥他們打招呼。」

「嗯，我叫克瓦多。謝謝你，大哥哥！」

克瓦多對我露出少年般的天真笑容，大概是艾米莉亞跟莉絲讓他放鬆戒心了。他嘴邊沾著肉串的油，可是我並不在意，發自內心慶幸能保護好這孩子。

回想起來，一開始是姊弟倆，然後是諾艾兒的女兒諾娃兒，跟我第一次見面的小孩都會對我產生戒心，所以現在這樣令我感到非常新鮮。

不對……仔細一看，艾米莉亞在旁邊滿意地點頭，看來她事前跟克瓦多說了什麼。我不知道她灌輸克瓦多怎樣的知識，但愛梨一句話都沒說，應該沒問題吧。

「我想您已經聽艾米莉亞提過了，我叫天狼星。」

「我叫雷烏斯。愛梨小姐，克瓦多，請多關照。」

「呵呵呵，我才要請你們多多關照。對了，天狼星，不用對我們那麼客氣喔？你救了我們的同伴，大家都是一家人。」

「是的！天狼星少爺是我們的主人，也是家人。」

「是我的大哥！」

愛梨對我的警戒似乎徹底消失了，可能是因為她看見姊弟倆這麼幸福。

兩人笑著猛搖尾巴，這時我發現愛梨面帶疑惑，盯著雷烏斯的臉。

「嗯？我臉上有什麼東西嗎？」

「啊，對不起。總覺得好像在哪見過你。方便告訴我你的家名嗎？」

「家名？席爾巴利恩啊。順便說一下，我爸是當村長的。」

「哎呀!?難道你們是加布先生的孫子！」

聽見雷烏斯的家名，愛梨驚訝得差點跳起來，兩姊弟卻歪著頭，對加布這個名字沒印象的樣子。

「意思是，艾米莉亞跟雷烏斯的家人，住在愛梨小姐的部落？」

「加布先生是我們部落的前任村長。聽說他兒子的部落在幾年前遭到魔獸攻擊，滅村了……原來你們還活著。」

愛梨哭著抱住兩人，似乎真的很為他們高興。

雖說是巧合，不只銀狼族的部落，連姊弟倆的家人都發現了。只要把愛梨送回家，自然也能得知他們小時候住的部落在哪裡。

「你們怎麼了？沒什麼反應。」

「因為爸爸和媽媽從來沒跟我提過爺爺。」

「我也是。愛梨小姐，那個叫加布的人是怎樣的人啊？」

「你們真的不知道呀。不過這也不能怪你們，因為加布先生非常頑固，幾乎不會聊到家人。只有一次他喝醉的時候說過，他和兒子好像是吵架才分開來住。」

「我們的爺爺嗎……」

「太好了，姊姊！我們有爺爺耶！」

不知為何，他們抱住我開始歡呼，也許是逐漸接受自己有家人的事實了。我也很高興他們的家人還在，但以他們的力氣抱過來，實在有點痛。

「呵呵，他們真的很喜歡你。還有，艾米莉亞跟我說了你們來這塊大陸的原因。為了報答各位的恩情，我們會全力提供協助。」

「太感謝了。可是，得先把兩位送回家再說。」

「嗯，我也希望大家來我們的村落玩，就由我來帶路吧。什麼時候出發？」

「不需要那麼急，今天請您好好休息。我打算明天早上啟程。」

「也是，以我現在的狀態只會扯後腿。那我就聽你的話，在床上休息囉。」

莉絲的魔法可以治好傷口，唯有體力不能恢復。愛梨乖乖躺下，好在明天出發前多少恢復一些體力。

她應該很想馬上回去才對，不過因為是我們救了她，她好像不好意思提太多要求。克瓦多也躺在母親身旁墜入夢鄉，我猜是填飽肚子後就想睡了。

現在才快傍晚而已，離我們的休息時間還很早。於是我們靜靜離開房間，在門前討論今後的行程。

「趁今天把必需品買齊吧。我跟莉絲一起去，艾米莉亞和雷烏斯留在這保護他們。」

「是。那麼我去幫愛梨小姐做點輕食。雷烏斯，你在這邊看門。」

「交給我吧！」

根據多特列斯提供的情報，那個想要銀狼族的貴族在召集冒險者抓走那對母子。帶著兩姊弟在街上走可能會有麻煩，由我和莉絲負責採買比較好。

雖然這個地方應該遲早會被發現，那對母子旁邊有艾米莉亞跟雷烏斯陪伴，外面還有北斗，不成問題。

「也要做好戰鬥準備喔。畢竟對方很可能是會在街上動手的傻子。」

「「是。」」

我跟地下組織共享情報時在旁邊聽的雷烏斯就算了，艾米莉亞和莉絲也自然而然察覺我的意思，沒有多問，證明她們有所成長。

下達完詳細的指示，我們開始行動。

「那出發吧。對了，你們剛才吃的肉串看起來很好吃，可以帶我到那家店嗎？」

「可以呀。我也想再吃一些。」

「路上小心，天狼星少爺。莉絲也是，好好享受吧。」

「享受什麼……啊!?」

儘管是為了買東西，莉絲終於意識到等等只有我們兩個人。

我心想「感覺有點像約會」，由於莉絲紅著臉偷瞄我，我便伸出手讓她牽。

「走吧。」

「好、好的。嘿嘿嘿……」

莉絲害羞地牽住我的手，對我露出燦爛笑容。

◇◆◇◆◇◆

夜深人靜之時……攜帶武器的數名男子走在小巷裡避人耳目，朝某家旅館前進。

總共有八人。所有人眼神都銳利得宛如盯上獵物的野獸，用兜帽遮住臉，明顯異於一般的冒險者。

「所以……要抓的只有銀狼族？聽說不只一個，全部都要嗎？」

「好像是。男的可以粗魯一點沒關係，女的不可以傷到。」

「聽說還有一隻威猛的大狼，抓到的話雇主也願意出高價買。」

「哦，真是喜好獨特的貴族大人。」

他們的目的是要偷襲，照理說行動時不該閒聊，習慣這種任務的男人們卻一面說話一面動作。

這群人企圖等完成任務拿到報酬，立刻逃到其他大陸，可見他們是知道銀狼族有多重視同伴還接下委託的人渣。

「是說這次的工作感覺挺輕鬆的。對手全是小鬼，趁晚上偷襲應該一下就能解決。」

「對了，除了銀狼族外，似乎還有個漂亮的藍髮女孩。有空的話順便抓一下吧。」

「怎麼？比起錢你更愛女人？」

「我也更愛女人，不過我對小鬼沒興趣。」

訂為目標的旅館進入視線範圍時，男子們停下腳步互看，確認行動順序……然後終於察覺異狀。

「……等一下，那傢伙跑哪去了？」

「嗯……咦？剛剛還在我後面啊……有沒有人看到？」

「他在那條巷子裡睡覺。比起這個……可以看一下後面嗎？」

「啥？後面……」

男人們回頭的瞬間，一隻威風凜凜的大狼揮下前腳。

大狼瞄準的男人在慘叫前就被擊倒，另一名男子則被牠的尾巴打飛。

「這、這傢伙是什麼鬼!?」

「別慌，離牠遠一點！喂，你也快閃啊！」

「不需要。因為這傢伙是我的同伴。」

一名男子大聲吶喊，北斗卻只是走過來蹭我的臉，對我撒嬌。

剩下六……不對，扣掉我之後，剩下的五名男子呆呆看著我跟北斗。

「你這傢伙該不會……」

「你猜得沒錯。誰叫你們找的都是隨隨便便的冒險者。」

我和莉絲買完東西回到旅館後，多特列斯的人前來告知盯上我們的冒險者今晚會行動。

首領之前已經把欠我的人情還清，可是萬一要送銀狼族回去的我們發生什麼意外，他們會很頭痛，所以才特地過來提供情報。

這也間接傳達出「給我快點出發」的意思，但我必須讓愛梨休息夠再說，弟子們也可以訓練如何應付偷襲，於是我決定迎擊。

話雖如此，我也不想屈居守勢，所以我決定主動出擊，順便回想起以前的感覺。不是等人偷襲，而是由我混進他們裡面發動奇襲。

順帶一提，其中一位成員在我跟他們共同行動的期間，被我拖進巷子裡打暈。

我一面撫摸趴在旁邊的北斗的頭，拿掉兜帽，笑著對那群男人說：

「剛才你們說的那些話，讓我知道無須對你們留情了。而且看對方是小孩就掉以輕心，不僅沒查清楚對手的戰力，偷襲的時候還在聊天……未免太隨便。」

「哼！我們本來就不擅長搞偷襲。」

「只不過是一個小鬼一隻魔物，直接上的話根本不算什麼……」

「不，還有我們。」

艾米莉亞和雷烏斯從旅館門口走出，跟我一起從兩側包夾敵人。

然而，那群男人並不著急，拿著武器冷靜觀察我們。

雖然輕輕鬆鬆解決掉三個人，剩下五人平常就在組隊，有一定的實力。所以我才留著他們讓徒弟訓練。

「喂，目標自己出來了。省了些時間。」

「你們負責對付後面的狼和小鬼。先拿那兩個銀狼族當人質，再把他們統統一起抓住。」

雖然他們在奇襲方面真的完全不及格，發生緊急狀況時的判斷力倒還不錯。

疑似首領的男人下達命令，其中兩人便朝我逼近，艾米莉亞和雷烏斯那邊則有三個人。

兩名男子朝艾米莉亞扔出網子，想要抓住她，艾米莉亞操縱風高高躍向空中，閃了開來，踩在他們頭上繞到兩人身後。

「這女人動作好快——什麼!?」

「不對，單純是你們太慢了。」

準備回頭的男子被艾米莉亞一腳絆倒。

另一個人趁機對她揮下武器，艾米莉亞故意衝到他面前閃掉那一擊，將手掌對著男人的臉，擋住他的視線。

「你的動作全被我看穿了。『風衝擊』。」

風的衝擊波在伸手的同時釋放出來，擊中男人的下巴，那人於空中畫出一道拋物線，摔在地上失去意識。

「還有……這邊！」

剛才被絆倒的男人也用「風衝擊」讓他徹底昏過去，我滿意地點頭。我之前教過她，在敵人徹底失去戰鬥能力前千萬不可大意，看來她有記在心上。

另一方面，雷烏斯在跟剩下那個人交手……

「喂！你這傢伙就只會閃來閃去！煩死了！」

「……」

不知為何，雷烏斯沒有拔劍，一直閃躲男人揮下的劍。

他的攻擊挺刁鑽的，可是以雷烏斯的實力，想躲開應該沒什麼難度，豈止如此，甚至能直接把對方的劍砍成兩半。

然而他卻只會閃來閃去，男人也開始覺得不對勁，這時……雷烏斯自言自語著握住劍柄。

「一邊這樣做一邊攻擊嗎……果然很難。」

「你、你這傢伙！你是看不起我——呃啊!?」

話還沒講完，雷烏斯的大劍就將他的手砍掉一隻。

事情發生得實在太快，令男子目瞪口呆，雷烏斯趁這時往他肚子揍下去，男子便哀號著癱在地上。

「唉……不行，還是只能看一邊。至少得練到能邊戰鬥邊注意兩個人的動作，否則沒辦法追上大哥。」

雷烏斯是在模仿我。

我在跟眼前的敵人戰鬥時，也能注意弟子們的狀況，常常在有危險時支援他們。

那是因為有我上輩子學會的「並列思考」才做得到，就算用「增幅」強化體能，這也絕非易事。

儘管如此，雷烏斯依然試著挑戰。

即使近乎於不可能，也要為了保護重要的人不斷努力……得尊重他的上進心才行。

就這樣，三名男子被兩姊弟擊倒，想抓他們卻反過來遭到五花大綁。

兩人結束戰鬥時，北斗那邊也搞定了。

順帶一提，想制住北斗的男子，拿著一把比自己還高的斧槍。

他的身體似乎鍛鍊得不錯，將看起來很重的斧槍操縱得靈活自如，砍向北斗。

北斗閃都不閃，抬起右前腳揮下去……

「……啥？」

男子的斧槍被北斗的爪子斬裂，斧頭部分斷成四段，掉到地上。

失去武器的男子愣在原地，北斗再度抬起前腳拍下去，連鐵都切得斷的爪子，在他的鼻子前停住。

「……嗷！」

「嗚!?」

面前明明是可愛的肉球，男子卻被北斗的氣勢嚇到當場昏厥。

最後，北斗輕輕叫了一聲，姊弟倆立刻跑來把人綁好。顯而易見的上下關係。

至於我呢……

「好，艾米莉亞跟雷烏斯應該沒問題了。」

「你這傢伙！還有空看其他地方！」

「不滿意的話，再多努力一下如何？」

我看著姊弟倆和北斗，擋掉眼前這名男子的劍。

由於我態度實在太隨便，這人開始憤怒地攻擊我，可惜他動作單調，不費吹灰之力就閃得開。

「可惡！為什麼我的劍！被這種小鬼頭！」

「你空有一身力氣，太依賴武器本身了。看，全身上下都是漏洞。」

他會驚訝也不奇怪，畢竟我用迪給我的短劍抵擋男子用雙手揮動的大劍。

雙方的武器雖然明顯重量有差，只要在對手的力量還沒全部集中在劍上之前攻擊劍身，讓軌道偏移，就可能做到這種事。

總之在他眼中，應該會覺得自己的攻擊盡數從我身上偏開了。

「要不要我解釋得更詳細一點？你能輕鬆揮動那把大劍是很厲害，但技術太差。證明你至今以來都是靠蠻力和人戰鬥。」

「閉嘴！只不過是個小鬼，跩什麼跩！」

男子學不到教訓，舉起大劍，可能是不願接受事實吧。

恐怕他以為是力道不夠，想用更大的力氣砍下來。舉起劍的瞬間漏洞百出，我卻故意等他發動攻擊。

「這次我一定要連你的劍一起──喔喔!?」

我在男子揮劍的同時繞到背後，趁他重心放到最前面的瞬間絆倒他，最後用劍往他離地的腳板一挑。

重心不穩導致男子向前方摔出去，仰躺著倒在地上。

「你忘了東西。」

我在空中接住剛才飛出他手中的大劍，刺進他臉旁邊的地面。

這一劍擦過他的臉頰，不過這人不愧是當冒險者的，並沒有因此昏倒。

可是，倒地的瞬間你就註定完蛋了。我將手放在男人的腹部，集中魔力，向他道別。

「要恨就恨委託你們這種事的貴族。不曉得他還在不在人世就是了。」

那傢伙差點點燃跟銀狼族的戰火，只會為鎮上帶來害處。現在多特列斯的人應該在處理他了吧。

為求今晚睡得安穩，我用零距離的「衝擊」奪走男人的意識。

《銀狼族與家族》

襲擊事件的隔天早上，我們坐著馬車，在街道上前進。

當初我本來計畫把馬車放在鎮上，從森林裡過去，不過愛梨知道我們有馬車後，告訴我前面這段路可以坐馬車走大道，這樣比較快。

還不確定我們會在銀狼族的部落待多久，一直把馬車寄放在城內也不好……於是直到需要下車步行前，我們都靠馬車移動。

從梅吉那出發後過了半天。體力尚未完全恢復的愛梨待在馬車裡，嘆了口不知道是第幾次的氣。

理由當然是幫忙拉車的北斗。

「沒想到竟然是百狼大人在拉馬車，真的太令人不敢相信了。大家聽見可能會昏倒。」

「果然不太好嗎？」

「是呀，畢竟百狼大人對我們來說可是神之使者。如果大家知道你這樣對待百狼大人，不曉得會怎麼看待你……」

「噉！」

「是、是！我明白您是自願的！」

這正是所謂的「大喝一聲」。

有種抵達部落後，只要北斗叫一下就能解決所有問題的感覺，但也有可能沒那麼容易。有時上司叫部下停手，部下不一定會聽。

「視情況而定，搞不好會跟銀狼族打起來。」

「那個……我也會努力說服大家，想辦法和平解決吧！」

我認為最好考慮到被銀狼族攻擊的可能性，在馬車裡檢查裝備，在外面跑步的雷烏斯對我說：

「不用擔心，大哥有我在。」

他聽見我們的對話，握緊拳頭，笑容滿面地宣言。

「這次換我保護大哥了！」

「換我保護了！」

他的臺詞和姿勢都挺帥氣的，可是坐在肩膀上的克瓦多也擺出同樣的姿勢，變成非常溫馨的畫面。

「不只雷烏斯，我也會保護您，您儘管放心。」

「如果要鎮壓他們，就用我的水魔法吧。」

今天待在馬車裡的艾米莉亞和莉絲也走到駕駛座，坐到我旁邊笑著說。

三位可靠的徒弟令我忍不住笑出來，這時，我察覺到一股異狀。

「那個……天狼星少爺？」

「艾米莉亞，妳怎麼了？臉色不太好。」

我伸手撫摸艾米莉亞的臉頰，覺得她皮膚略乾。

而且通常艾米莉亞會比雷烏斯更早來找我說話，明明很高興被我摸，尾巴卻搖得有點沒力氣。

現在回想起來，今天她不太靠近我，莫非是在掩飾這點？

「沒、沒有呀。」

「別騙我。嗯……體內還積蓄著疲勞。昨晚有睡好嗎？」

為了以防萬一，我發動「掃描」調查，沒有生病的跡象，推測單純只是因為疲勞。

或許是因為她遇見同族，又得知自己還有活在世上的家人，事件一波未平一波又起。艾米莉亞盯著我一段時間，嘆了口氣放棄辯解。

「那個……我昨天一直睡不著……」

「躺裡面休息去。睡不著沒關係，就算只是閉上眼睛躺著，身體也可以恢復。」

「謝謝您的關心，可是只要不要太勉強就沒問題。」

「別說那麼多，乖乖躺好。來，我的枕頭借妳。」

我逼艾米莉亞進車廂躺著，將用北斗的毛做成的枕頭遞給她，然後回過頭，莉絲佩服地看著我。

「我是今天早上聽她說才知道的……天狼星前輩真敏銳。」

「因為我從小看著她長大嘛。」

從撿到她的時候開始，我一直在她旁邊陪伴她成長，又注重他們的健康狀況，有什麼問題一眼就看得出來。

話說回來，想不到她不惜對莉絲下封口令，也要裝出有精神的樣子。我看著已經睡著的艾米莉亞，偷偷嘆氣。

「莉絲，可以告訴我今天早上艾米莉亞的狀況嗎？」

「其實，艾米莉亞一起床就請我幫她治療。之後她才想到我的魔法跟你的再生能力活性化不一樣，主要是用來治傷，拜託我不要跟你說。」

「看來她的判斷力也下降了。雖然睡一覺應該就會恢復，她有跟妳說失眠的原因嗎？」

「艾米莉亞自己好像也不是很清楚。我能理解她不想讓你擔心的心情，請你不要責備那孩子。」

「……說得也是。剛剛是我不好。」

仔細想想，艾米莉亞跟莉絲都長大了，要她們什麼事都向我報告或許有點神經大條。這種事莉絲比較瞭解，艾米莉亞就暫時交給她照顧吧。

我在內心反省，感覺到旁邊有股視線便轉頭看過去，愛梨帶著溫柔的笑容看著我們。

「不好意思，讓您見笑了……」

「呵呵，沒這回事。看得出大家都非常仰慕你，我很高興。聽說艾米莉亞在當人族的隨從時，我還覺得奇怪，看到你剛才的表現就能理解了。無論村裡的人怎麼說，我都會站在你這邊。」

「敢瞧不起大哥的話，看我把他們統統揍飛！」

「揍飛！」

「嗷！」

雷烏斯就算了，要是北斗親自出馬，事情會變得很難處理，希望牠乖乖待著。

對同族毫不留情的雷烏斯，以及搞不清楚狀況還跟著起鬨的克瓦多，令我臉上浮現苦笑。馬車載著我們，不斷前行。

之後，我們在愛梨的指引下從街道開到馬車勉強能通過的獸徑上，過了一會兒準備紮營。

離天黑還有一段時間，可是之後的路馬車開不過去，我們便決定在設備齊全的馬車裡睡一晚。

馬車的一部分是摺疊式調理臺，因此我用它和姊弟倆採集到的食材，以及在鎮上買的香料，挑戰製作新料理。

「後面的路要用走的，通常要走兩天。不過有一條只有銀狼族知道的捷徑，走那邊半天就到得了。」

「把那條捷徑告訴我們沒問題嗎？」

「我相信你們。因為是捷徑，路並不好走，要有心理準備喔。」

「不走捷徑也只要兩天就到得了，明明沒離多遠，為什麼鎮上的人不知道部落在哪裡呀？」

雷烏斯在不遠處練劍，艾米莉亞與莉絲在幫忙顧營火，一面跟愛梨聊天，克瓦多則躺在媽媽腿上休息。

我用湯勺攪拌鍋裡的菜，加入三人的對話。

「要感謝這片廣袤的森林吧。阿德羅德大陸的森林普遍很大，人類會失去方向感。」

「天狼星說得沒錯，這座森林會讓人找不到部落的位置。我們能過著平靜的生活，也是拜它所賜。」

順帶一提，愛梨說走一般的路線要走兩天，那是認識路又沒遭遇魔獸的情況，實際上應該得花二到三倍的時間。這是在森林裡移動的常識。

儘管沒有妖精那麼誇張，銀狼族是與森林共同生存的種族。在這麼大的森林中，仍然能掌握正確方向及部落位置，想必他們對森林擁有相當豐富的知識。

「對銀狼族來說，森林是理所當然的存在，會在裡面迷路的話是活不下去的。結果我們卻在森林裡被抓……真的很丟臉。」

「只、只是運氣不好而已！」

「對呀。愛梨小姐沒有錯！」

愛梨想起被抓時的情況，明顯陷入消沉。

艾米莉亞跟莉絲急忙安慰她，練完劍的雷烏斯邊擦汗邊走過來。

「妳們好激動喔，大哥，怎麼了嗎？」

「愛梨小姐覺得雖然有一部分是運氣問題，被別人抓住的自己還是很沒用。」

「嗯——我覺得這也不能怪她耶，畢竟愛梨小姐必須保護克瓦多。是說大哥，昨天那些人最後怎樣了？」

「昨天那些人」是指深夜來偷襲我們的冒險者。

把所有人鎮壓住後，我立刻叫兩姊弟回房，因此他們不知道那些人的下場。

其實我跟北斗把他們集中到一個地方時，多特列斯的首領帶著部下出現，命令部下將那群冒險者帶回去。他們接下這麼低級的任務，現在應該在多特列斯的據點接受相對的處罰。

至於雇用他們的貴族，從首領散發出的殺氣和血腥味來看，很有可能已經被清理掉。

「他們明知對銀狼族下手有多危險，還敢攻擊我們。應該受到該有的懲罰和報應了。」

雖說多特列斯是地下組織，他們對待遵守規矩的我，也會拿出適當的態度，那起事件的元凶卻差點害組織做為根據地的城鎮遭受攻擊。

對於不守規矩的人不會留情——這正是地下組織的作風，那些被帶走的冒險者，好一點當奴隸，慘一點就是直接處刑吧。無論如何，我們都不會再見面。

「別管那群人了，晚餐比較重要吧？」

「也是。我一直聞到好香的味道，今天你煮了什麼？」

「這是叫燉牛肉的料理。本來要再煮久一點，不過今天只是試作，這樣就差不多了。」

說是燉牛肉，其實只是味道類似的湯。

這個世界沒有多蜜醬，上輩子的調味料不可能剛好都有，所以我用在鎮上買到的香料硬是重現，成功做出味道大致相同的料理。

黏稠度不夠的問題下次再解決，總之大功告成。

「再燉一下就可以吃了，你們先去準備。」

「「是──！」」

隨著我一聲令下，弟子們開始分頭拿出餐具。

在三人沒有一絲多餘動作的分工合作下，轉眼間就擺好六人份的盤子、麵包、杯子等等。比戰鬥的時候還要合作無間，真不知道該高興還難過。

「嗯……比起老師，天狼星更像大家的媽媽呢。」

「……飯！」

愛梨看著我們苦笑，克瓦多聞到燉牛肉的香味，從媽媽腿上彈起來。

「喔喔……雖然味道有點重，超好吃的耶！不愧是大哥！」

「又是從來沒嘗過的滋味呢。吃得出各種食材的味道，非常美味。」

「拿麵包沾著吃也好好吃。天狼星前輩，請幫我再盛一盤。」

弟子們早已習慣我的調味，所以評價很高，然而不知為何，愛梨愁眉苦臉地吃著燉牛肉。

「不合您的口味嗎？」

「怎麼會。我只是沒想到能吃到這麼美味的料理，有點驚訝。」

「好吃——！」

克瓦多好像很喜歡，已經在吃第二盤。

每塊大陸的調味方式都不同，所以我本來以為喜好會有差，看他們的反應應該是沒問題。不過愛梨依然皺著眉頭，令人在意。

「又會照顧人，廚藝又好。這孩子年紀比我小……卻比我更像母親。這股挫折感究竟是!?」

儘管愛梨對我有點莫名其妙的怨言，晚餐好像順利滿足他們了。

隔天，我們將馬車藏在樹叢間，各自帶著最低限度的行李在森林中行走。

除了防盜措施外，馬車還用迷彩色的布蓋住，在附近扔樹枝讓它跟森林融為一體，不用怕被找到。此外，由於那輛馬車會發出特殊的魔力，即使在森林裡迷路，只要拿馬車當記號就能回到這裡。

「愛梨小姐，身體還好嗎？」

「嗯，託大家的福，我休息夠了，已經沒問題囉。等等會經過很危險的路，小心點跟我走。」

衰弱的身體在這兩天似乎恢復得差不多了，她踏著穩穩的步伐走在前面，為我們帶路。

雷烏斯本來想背著年紀還小的克瓦多走，可是為了讓他學習在森林裡的移動方式，我們決定讓他自己走。從後面看著努力跟在愛梨身後的克瓦多，有種被治癒的感覺。

然而……悠閒的路途一下就結束了。

「要爬這座山崖上去。有些地方容易崩落，大家多注意。」

「滿高的耶。莉絲姊和克瓦多爬得上去嗎？」

「嗯……可能有點勉強。」

「嗚嗚……好高。」

「我先爬上去，從上面用『魔力線』拉你們上去如何？」

「嗷！」

「天狼星少爺，北斗先生說這點高度，牠可以背他們跳上去。」

剛在森林裡走了一段路，緊接著又要爬上抬頭都看不見盡頭的陡峭山崖……

「掉到河裡的話會直接被沖到下游，別摔下去唷。」

「克瓦多讓雷烏斯背，莉絲沒問題嗎？」

「沒問題，這點距離我自己就過得去。」

然後是踩著河裡的石頭，跳過水流湍急到可以輕鬆把船粉碎的河川……

「小心喔。過這條橋就到了。」

「大哥，等我一下。克瓦多說他很怕，不敢過去。」

「別擔心，克瓦多。就算你掉下去，我們也一定會救你，看著前面走就對了。」

藉由沒有扶手，只用一根大圓木做成的橋度過深谷後，終於克服所有的難關。

之後只要穿過森林即可，因此我建議休息片刻。因為克瓦多自不用說，負責帶路的愛梨也疲憊不堪。

「呼……對不起，害你們要等我。我講得一副很有自信的樣子，其實這條捷徑我也只走過幾次。」

「不會，反正我本來就打算休息，您別在意。」

「確實該休息一下，因為我也好累，明明我自認挺習慣走山路的。」

原本的路徑是沿著山腳繞到這裡，我們卻直接翻過整座山。

雖說是捷徑，這條路卻是連體能優異的銀狼族，都只有成年人才走得過去的崎嶇道路，愛梨會累也不奇怪。

「連我老公都覺得吃力了，你們看起來倒還游刃有餘。」

「因為我們受過大哥的訓練嘛。這點程度不算什麼。」

「是呀。現在的我們說不定可以再來回一趟。」

「呵呵……你們兩個真的很堅強，加布先生一定會很高興。」

或許是因為有同為銀狼族的兩姊弟在，才認識幾天，愛梨就對我們卸下心防。不僅如此，她還把我們當一家人對待，跟她在一起的時候非常讓人放鬆。這也是多虧愛梨和藹可親的性格吧。

為了不要太勉強她，我才提議休息，愛梨馬上告訴我附近有個好地方。

「有個休息處可以在進山前和走完剛剛那條捷徑後休息，說不定我的同伴也在，就去那邊吧。」

她一面說明，一面帶我們來到適度地砍掉一些樹、只有樹幹椅的地方，中間有營火的痕跡，看來偶爾會有人使用。

「嗯……好地方，也方便警戒四周。那麼，艾米莉亞。」

「是，我立刻泡茶。」

「咦……妳帶了紅茶過來？這裡是森林裡耶。」

「隨從的義務就是隨時為主人準備最美味的紅茶。」

我沒有命令她，也沒有拜託她，這好像是艾米莉亞身為隨從的矜持。

茶具稱不上冒險必備的物品，不過體積大的行李幾乎都可以讓北斗幫忙背，所以我們才有辦法泡茶。

我們迅速撿好木柴，燒開莉絲製造出的水，在森林裡舉辦小小的茶會。

「呼……真好喝，可以舒緩疲憊的身軀。」

「還有餅乾喔。雷烏斯比較想吃肉乾對吧？」

「我都要！」

「我也都想吃耶。」

「餅乾！」

大家配著艾米莉亞泡的紅茶休息，這時北斗的耳朵跟鼻子動了起來，於是我發動「探查」，偵測到好幾個人正在接近。

兩姊弟慢了北斗一步才感覺到，動著鼻子站起來。

看這個反應，大概是……

「大哥！有人！」

「天狼星少爺，請小心！」

「不……我想用不著擔心。對不對？」

「嗯，看來他們自己過來了。」

姊弟倆發現我跟愛梨都還坐著，放開反射性握住的武器，乖乖坐下。

莉絲與克瓦多毫無反應。想必是因為我們兩個沒有動作，絕對不是只顧著吃餅乾。

「確實……這股味道跟愛梨小姐很像。也就是說，在靠近的這些人是銀狼族。」

「我猜是來找愛梨小姐和克瓦多的。人數也不多。」

「幸好沒錯過。走捷徑果然是正確的。」

母子倆已經失蹤兩天。

連嗅覺敏銳的銀狼族搜索周遭都找不到，他們很有可能認為愛梨母子是被人族抓走。

然而，他們無法分辨是不是真的被抓，應該會先去鎮上調查——我們和愛梨如此判斷。因此我們推測那些人為了快一點到鎮上，八成會走捷徑，結果猜中了。

「這是我老公的味道。我都發現了，他們一定也有注意到。」

「爸爸——！」

明白父親就在附近的克瓦多放聲大叫，其中一個反應瞬間加速，發出激烈的聲音，像支箭似的從樹叢間飛奔而出。

「愛梨——！克瓦多——！」

跑出來的是一名比雷烏斯壯一個等級的銀髮男子，大聲呼喚愛梨及克瓦多的名字，用力抱住兩人。

看來這位就是愛梨的丈夫。銀髮男子同時抱住妻子與小孩，喜極而泣的畫面相當感人，可是我偷偷心想，面貌精悍、肌肉發達的壯漢哭得淚流不止，有點可怕。當然，對他而言兩人就是如此重要的存在。

「嗚喔喔——！我好擔心啊！幸好你們沒事！」

「等、等一下吉里亞！我也很想見你，不過你先冷靜點。」
「爸爸……好難過。」
「說這什麼話！知不知道爸爸有多擔心！」
家族團聚真的太好了，雖然母子倆有點困擾的樣子。
雷烏斯與莉絲高興地看著緊緊相擁的一家人，只有艾米莉亞反應不太一樣。她也在為他們感到高興，笑容底下卻看得出一抹寂寥。
考慮到艾米莉亞的過去，我不是不懂她的心情，但至少現在不能表現出來。我伸手摸她的頭安撫她，艾米莉亞偷偷輕咬我的肩膀，站到我身後。
名為吉里亞的男人總算冷靜下來時，疑似他同伴的其他銀狼族也趕來了。總共三人，各個體格強壯，像戰士一樣，散發殺氣瞪著我們。正確地說是人族的我和莉絲。
「愛梨，妳退下。我馬上幫妳教訓愚蠢的人族。」
「等、等等，吉里亞，住手！這些孩子是──」
「爸爸，不可以！」
「克瓦多也看好。爸爸來把讓你害怕的人痛扁一頓。要上囉，你們幾個！」
銀狼族男子太過激動，聽不進愛梨與克瓦多的制止，和後面的同伴一同攻過來。
他大概是那種會被怒氣沖昏頭的類型。果然演變成這個狀況了嗎，雖然我多少有預料到。

「我還想說不知道是怎樣的人抓走愛梨，想不到還是小孩。」

「就算是小孩我也絕不饒恕！」

「不只克瓦多的家人，還把我們的同胞抓去當奴隸！」

「你們去抓後面的女孩！我負責這男人！」

愛梨的丈夫朝我逼近，三名同夥則盯上莉絲。

三個人對付一個女孩未免太幼稚，但我想這是因為姊弟倆擋在莉絲前面保護她。

「莉絲，到後面去！」

「想碰莉絲姊，先過我這一關再說！」

「唔……果然被命令了嗎！」

「可能會有點痛，忍耐一下。馬上解放你們！」

那些人似乎把頸鍊看成奴隸戴的項圈，以為他們是被命令才保護莉絲。

三名銀狼族男子伸出手，想要以和平的方式排除兩姊弟，艾米莉亞卻抓住其中一人的手臂封住他的動作，雷烏斯則正面接招，跟對方比起力氣。

然而，還剩下一個人。

「不准靠近莉絲姊！」

雷烏斯發現這點，停止跟對手比力氣，抓住那人的手臂，扔向正在逼近莉絲的男子。

若是一般人，說不定這樣就解決了，然而不愧是體能優秀的銀狼族，他在千鈞一髮之際閃過，姿勢都亂掉了還直線朝莉絲衝過去。

「糟糕!?莉絲姊！」

「可惡的人族小丫頭，快解放我們的同胞！」

「……嘿！」

莉絲集中精神，抓住敵人伸向自己的手臂，使出一記掃堂腿，反過來利用對方的衝勁將他摔到地上。

這是以前我教她的合氣道。能在實戰中做到這個地步，已經及格了。

至於以我為目標的愛梨的丈夫，他怒氣沖沖地對我揮拳。

「竟敢對我心愛的家人下手！」

「我能理解你重視家人的心情。」

這拳光是風壓就能割破皮膚，我踏出一步閃過攻擊，衝到他身前。

然後用足以踩碎地面的力道使勁一踏，右掌往心窩拍下去，銀狼族男子便被轟得遠遠的。

我可是想直接把他打暈，男子卻在空中調整姿勢，兩腳穩穩落地，瞪著我。

「哦，撐住了嗎？身體挺強壯的嘛。」

「身體強壯是我最大的優點，是說……我的同伴都被幹掉了啊。」

艾米莉亞用關節技封住對手的行動，雷烏斯的對手則被他扔飛，失去意識。然後是莉絲，她將對手摔到地上後，用水魔法使他動彈不得。

怎麼看都是他們占下風，愛梨的丈夫卻沒有要放棄的跡象，握緊拳頭宣言。

「不過我不會放棄！我絕對會打倒你們，救出我的家人和同——」

「你夠了喔！」

「呃啊!?」

他不屈的決心，被從旁亂入的妻子一擊粉碎，跪倒在地。

儘管他剛才吃了我一拳還沒倒下，被人用盡全力往側腹揍下去，再怎麼樣都撐不住吧。

「妳……妳幹麼！我可是為了妳——」

「好了，乖乖聽我說。你們幾個也是，不要生氣，給我過來！」

愛梨的怒吼令被壓制住的三人安分下來，所以弟子們放走了他們。

戰鬥暫時中止，那些人被自己要保護的愛梨召喚，不知所措地走過去。愛梨指著地面，冷冷下令。

「來，到這邊坐下。」

「等等，愛梨。我們是想救妳跟同——」

「廢話少說，坐下！」

「「「……是。」」」

愛梨的魄力嚇得他們不敢回嘴，只得乖乖坐好。講點題外話，就算在異世界，這種時候的坐法也是跪坐。

四個大男人坐成一排被比自己小的女性教訓，實在很不堪，我忍不住想別過頭。克瓦多抱著胳膊，站在母親旁邊學她，令這個畫面顯得更加逗趣。

「聽好囉？這幾個孩子是救了我跟克瓦多的恩人。我知道不能怪你們誤會，但至少學會冷靜聽我說話吧！」

艾米莉亞跟雷烏斯的上下關係也是這樣，這個世界的女性真的好強。

愛梨夾雜狀況說明的訓話持續了將近一小時，我們終於解開誤會，不過……

「「「百狼大人！」」」

他們依舊跪坐在地上。

北斗在場的話情況會變複雜，所以我叫牠先躲起來，但牠看準時機跑出來後，就變成這樣了。

如此這般，四人排在北斗面前跪坐，北斗自己則不知所措，轉頭看著我。

「嗷……」

「照你自己的意思做就好。」

聽見我這麼說，北斗對他們叫了一聲。

根據雷烏斯的翻譯，牠好像是說自己是侍奉主人的狼，並非值得他們景仰的存在。

「那、那個人族是您的主人!?為何您會甘願跟隨那種人……」

「嗷！」

「你們要崇拜我無所謂，可是希望你們明白，我是自願與主人同行。希望你們不要侮辱我的主人……北斗先生是這樣說的。」

「好、好的。不過……」

「牠說『希望你們盡量平常心對待我。但假如你們因為無聊的原因對我的主人出手，我會讓你們後悔活在這個世界上』。」

「跟天狼星少爺一模一樣呢。」

聽說寵物會像主人，看來轉生到異世界也一樣。

男人們不曉得是不是在怕牠，垂著耳朵和尾巴聽北斗說話，頻頻點頭。

這傢伙平常是會蹭到我身上要我幫牠刷毛的撒嬌鬼，然而這樣一看讓我重新體會到，北斗真的是人稱神之使者的存在。

其他三人都完全被北斗震懾住，只有愛梨的丈夫吉里亞直盯著北斗回應。

「遵、遵命。百狼大人的意思，我們都知道了。我們絕對不會對您的主人出手。」

吉里亞如此宣言，轉頭看我們，剛才的敵意消失殆盡，轉為穩重的表情。

「而且更重要的是，他是救了我的家人跟同胞的恩人。請務必讓我招待各位到村裡作客。」

「嗷！」

北斗要講的話似乎講完了，回到我旁邊滿意地叫了聲。

就這樣，事情告一段落。喝完艾米莉亞在等愛梨訓完話的期間泡的紅茶後，我們走向終於肯站起來的銀狼族男子。

「看來不用再打囉。」

「嗯，是我們誤會了。真的很對不起。」

吉里亞深深鞠躬道歉，站在他後面的其他人也一起低下頭。雖然北斗帶給他們的恐懼還殘留在心中，他們仍然對我們露出友善的笑容。

「真的很感謝你們救了我老婆和兒子。要是沒有你們，我將失去比性命更重要的存在。」

「這話我也對愛梨小姐說過，要謝請您去謝這兩個人。」

「那當然，不過要先感謝救了那對姊弟的你。還有，可以直接叫我吉里亞沒關係。」

「知道了。我叫天狼星。吉里亞，請多指教。」

跟吉里亞握完手後，我向他們介紹三位徒弟。一聽見艾米莉亞和雷烏斯不僅是同族，還是認識的人的孫子，吉里亞及他的夥伴便興奮得擊掌。

「知道愛梨被人抓走的時候，我急得不得了，沒想到現在連加布先生的孫子都回來了。」

「而且還變得比我們更強……加布先生也會很開心的！」

「得開宴會慶祝才行。趕快回去吧。」

他們好像受過兩姊弟的爺爺加布的訓練，跟愛梨一樣，相當高興加布的孫子平安無事。

於是，我們帶著熱熱鬧鬧的這群人，朝銀狼族的部落前進。

我在路上探聽了許多事，吉里亞他們果然打算去鎮上偵察。

如果發現愛梨和克瓦多就在那裡，跟犯人交涉沒用的話，也有考慮直接殺進城鎮。

想抓銀狼族的是個貪心的貴族，肯定會交涉失敗。若非我們救了母子倆，梅吉那搞不好真的會有麻煩。

「要怎麼調查愛梨小姐在不在鎮上啊？你們又不像大哥一樣瞭解那座城鎮。」

「雷烏斯啊，我們可是銀狼族喔？無論她在鎮上哪個角落，我都聞得到愛梨的氣味！」

「這點小事我也行。順便跟你說，姊姊隔一座山都聞得出大哥的味道！」

「你說什麼！那我也可以！」

「「給我適可而止！」」

兩位男性莫名其妙開始吵架，其監護人艾米莉亞與愛梨，用拳頭強制讓他們閉嘴。

我們一面交換情報，一面在森林裡前進，終於抵達銀狼族的部落。

從小山丘上俯瞰，可以看見用木製柵欄圍住的銀狼族部落，裡面有好幾棟用類似磚頭的石材蓋成的屋子。

「我們先回去向大家說明，你們慢慢過來就好。愛梨，大家就麻煩妳了。」

「交給我吧。記得跟大家說清楚，免得他們等等太失禮。」

吉里亞一行人先行離開，我則慢步跟上，想起在書上和從人口中得知的銀狼族情報。

聽說銀狼族以狩獵及農業維生，看來確實如此。

正在耕田的銀狼族男人，以及正在處理獵來的肉的銀狼族女子。到處都只看得見擁有銀髮與尾巴的人，姊弟倆呆呆站著，凝視這幅情景。

「姊姊，有這麼多跟我們一樣是銀狼族的人耶。」

「對呀……明明不是我們小時候住的部落，卻有種回家的感覺。」

「我想你們心情應該挺複雜的，不過先讓我說句話吧。歡迎來到我們的部落。大家都很歡迎你們。」

愛梨摟住兩姊弟的肩膀，對我們露出燦爛笑容。

過沒多久，吉里亞回來告訴我們其他人同意大家進村了。

「其實，我本來想跟加布先生說他的孫子還活著，可惜加布先生還沒回來。抱歉，我也很想趕快讓你們見面。」

「吉里亞先生無須道歉。」

「對啊。那爺爺現在在哪？」

「我猜是去外面鍛鍊。通常這個年紀體力會開始衰退，加布先生卻完全沒有那個跡象，超厲害的喔？」

我認識一個都一把年紀了，不僅精力旺盛，還在持續變強的老爺爺，所以並不覺得有多厲害。這樣的自己令我感到無力。

「好厲害的爺爺，真想快點見到他！」

「總之，再等一下，馬上就準備好了。要召開宴會慶祝我的家人和兩位同胞都平安無事，還要感謝天狼星跟莉絲的幫忙。別客氣，儘管享受吧！」

在我們參觀部落的期間，時間到了傍晚，盛大的宴會揭開序幕。
住在這裡的銀狼族全部聚集在中央廣場，中心還生起巨大營火。
面前是銀狼族自己做的各種餐點，我卻還沒辦法享用。
因為……
「真的很感謝你救了我們的同伴。」
「你也是我們的家族。」
「遇到任何問題都可以跟大家說。」
每個人都跑來向我致謝。以強烈羈絆聞名的種族，其程度遠遠超出我的預料。
被人感謝的感覺當然不壞，可是部落裡的銀狼族好像有兩百人左右，現在才到一半，我不禁在內心嘆了口氣。
而且還有人來膜拜坐在旁邊的北斗，導致我附近的人口密度高得異常。
他們叫我遇到任何問題都可以說……我現在就有點傷腦筋。肚子也餓了。
「喝得開心嗎——噢，莉絲妹妹還太小對吧。那要不要吃這邊的肉？」
「大姊姊，我最喜歡吃這個了。我們一起吃吧。」
「嗯，好呀。噢……味道好特別，不過非常美味。還有嗎？」
「啊，這邊還有。是說小妹妹，妳吃相真豪邁。這樣我們用心準備也值得啦。」
順帶一提，莉絲在和克瓦多一起吃飯，還跟白天攻擊我們的那些男人及負責做菜的女性有說有笑。

莉絲那個連第一次見面的人都能立刻打好關係的特技狀況絕佳，真的很不可思議。

至於艾米莉亞與雷烏斯，他們在不遠處被同族團團圍住，看起來聊得挺開心的。以為已經罹難的姊弟倆還活著，他們好像真的很高興。有些人甚至哭著抱住他們，猛灌村裡釀的酒。兩人臉上也帶著燦爛笑容，我衷心覺得來到這個部落真的太好了。

隨著時間經過，宴會越來越熱鬧，一下讓部落裡的強者互相切磋，一下跳銀狼族特有的舞蹈給我們看。

等到這個時候，我總算有空吃飯，津津有味地品嘗從未吃過的料理。吃到一半，一部分的人突然騷動起來。

我望向那邊，一名身材、五官與雷烏斯相近的銀狼族老者，站在兩姊弟面前。這人身上也看得出一些艾米莉亞的特徵，莫非……

「爺爺……？」

「是爺爺嗎？」

「這樣啊。你們兩個就是……」

看這情況，可以確定他是與兩人有血緣關係的加布，但他的模樣實在不像感人的重逢。

可能是因為以為已經不在人世的孫子突然出現，他不知道該如何反應，不過這也太冷漠了。

不只兩姊弟，附近的銀狼族也因為出乎意料的狀況困惑不已，這時……

「幸好你們沒事。」

加布話剛說完就將視線從兩人身上移開，跟附近的男人打了聲招呼後，朝正在吃肉的我走過來。

「你就是……救了他們的男人嗎？」

他還是面無表情，彷彿把情緒都壓抑在心底，站在我面前俯視我，眼神讓人想到身經百戰的戰士，不愧是歷經風霜的年長者，相當有魄力。

然而先不論他的魄力，這個老爺爺令我燃起怒火。

竟然一句話就打發掉不僅是初次見面，還親眼目睹雙親喪命的孫子。

我氣得回瞪他，凝重的氣氛使附近的銀狼族開始遠離我們……我吞下口中的肉，回問：

「是的，請問有什麼問題嗎？」

「是嗎？那跟我比一場吧。」

「「咦!?」」

真沒想到一抵達他們的部落，姊弟倆的家人就跟我下戰帖。

看其他銀狼族的反應，這句話似乎並非玩笑，因此我決定先觀察對手看看。

及肩的銀髮在脖子後面綁成一撮，精悍的面容不但布滿無數傷痕，頭頂上的左耳還缺了一角。

他好像已經年過六十，充滿霸氣的站姿卻釋放出不遜於萊奧爾的氣勢。

服裝輕便，大概是比起防禦，更重視速度吧。左手戴著閃耀綠色光芒的堅固手甲。

看他的肌肉及走路方式，再加上沒有攜帶武器這一點，恐怕是以自身肉體為武器的類型。

還沒動手我就明白，這男人不好對付。

「為什麼？」

「沒理由就不能打嗎？」

加布沒有回答困惑的我，鬥志旺盛，銳利的視線固定在我身上。

真是……看我做什麼？何不去看身後的孫子。

我站起來準備質問他，吉里亞發現情況真的不妙，介入我們之間。

「加、加布先生，等等！到底怎麼了？為什麼突然要跟天狼星戰鬥！」

「你看不出來嗎？這男人身為人族，卻並非一般人物。和他交手肯定會讓我來到更高的境界。」
「我不是不懂你的心情，但他不只救了我老婆，還救了你孫子耶？等歡迎完恩人再打也行吧。」
你不阻止我們啊。
真是血氣方剛的一群人，我有點傻眼。這時換成兩姊弟像要保護我似的，擋在我前面。
「爺爺，請等一下！」
「對啊！爺爺，幹麼找大哥打架啦！」
他的態度那麼冷淡，只對他們說了一句話，姊弟倆還是將加布視為親人，試圖阻止我們交手。
然而……
「不要……那樣叫我！」
「「咦!?」」
加布的回應卻是殘酷的。
就算因此受到打擊，兩人也沒有離開半步，想要保護我。你們現在心情明明應該很複雜，還這麼為我著想，我真的很高興。
可是啊……看來我需要跟這位爺爺談談。

「他好像非得跟我打一場才甘願。退下吧。」

「天狼星少爺，我認為這場戰鬥沒有意義。」

「大哥和爺爺又沒理由打架！」

「這就像一種溝通方式。不是要拚個你死我活，別擔心。」

不過是用拳頭溝通就是了。

兩姊弟擔心地看著我，我摸摸他們的頭，將武器寄放在北斗身上，走向廣場中央。

我在熊熊燃燒的營火照耀下，與加布對峙。四周傳來幫加布打氣的聲音。這個爺爺雖然是個會突然找人切磋的人，在同族之間的人望倒挺不錯的。

銀狼族好像把這當成宴會的餘興節目，但他們感覺到我們態度嚴肅，加油聲便消失了。

「大哥——！加油——！」

「加油，小心別受傷！」

「天狼星少爺！請您一定要平安！」

「嗷！」

「大哥哥，加油——」

只有我的夥伴和克瓦多的聲音沒有消失。

總覺得緊張感有點因此散去，不過這樣也讓我比較方便跟他搭話，感謝他們緩和了氣氛。

我已經不反對與他交手，可是，我想知道理由。令人意外的是，我正準備詢問，加布就率先開口。

「……你人緣挺好的。」

「您也是吧。對了，請問您為何對我下戰帖？」

「為了變強。」

「為什麼想變強——不，這我之後再問，在開始前，我有個問題無論如何都想知道答案。為何對您的孫子如此冷漠？」

加布完全不願接納他們。

他可是最重視家族、同伴的銀狼族，就像愛梨和吉里亞那樣，這個態度未免太奇怪。

我有想過他們會不會其實不是真正的家人，但他那句「幸好你們沒事」，感覺不像對外人說的。

聽見我的疑問，加布的表情產生些微變化。

「那兩個孩子沒有錯，是我自己的問題。」

「那要不要賭一場？我贏的話，請您允許他們叫您爺爺。還有告訴我您這樣對孫子的原因。」

「哼，貪心的傢伙，跟你的外表真不搭。」

「因為這事牽扯到我重要的徒弟。」

「行。那麼如果我贏，我要跟你們一起行動。我必須去那兩個人以前住的部落一趟。」

我們跟愛梨和吉里亞提過要去兩姊弟的故鄉，看來他事前從兩人口中得知了。

先不論勝負如何，既然他想去，帶他一起去也無妨，加布開出的第二個條件卻大有問題。

「還有一點，把艾米莉亞留下。我要她跟那個人結婚。」

「……咦？」

加布望向一名年紀比我們略大的青年。

儘管不及雷烏斯，那人體格強健，長相也不錯，是個好青年，但事情發生得太過突然，其他人也議論紛紛。

至於被指名的艾米莉亞……

「就算是爺爺的請求我也不能答應。因為我不會離開天狼星少爺身邊。」

「姊姊是大哥的！敢礙事的話，就算是爺爺我也不會原諒！」

「……坐下。」

「「是！」」

「嗷！」

為了讓對我露出棄犬般眼神的艾米莉亞，以及擋在姊姊前面威嚇人的雷烏斯冷靜下來，我下達命令，用有點強硬的方式逼他們坐下。順帶一提，北斗也在我背後坐下。

被突如其來的事態嚇到的銀狼族青年，知道自己被艾米莉亞甩了，明顯很難過。不意外，畢竟像父親一樣陪伴她成長的我，也認為艾米莉亞是個大美人。

「天狼星前輩，艾米莉亞她……」

「嗯，我明白。加布先生，我答應帶您一起回他們的故鄉，可是我拒絕留下艾米莉亞。」

「你不覺得為了她的幸福著想，讓她跟同族的男性結婚，在這個部落生活是最適合的嗎？」

「不失為一個選擇。但我一向讓他們自己作主，不想硬逼他們做什麼事。」

我的徒弟……我的夥伴是自願跟隨我的，我也是因為想與他們同行才答應。因此，既然艾米莉亞不想離開我，我想尊重她的意思。

「艾米莉亞已經長大，可以自己決定自己的人生。」

「那你在這個部落住下就行。若對象是你，就算是人族大家應該也會歡迎，那孩子也能實現願望。」

原來如此，來這招嗎？

確實，這樣的話艾米莉亞不會不滿，其他弟子大概也會說只要能待在我身邊就好，但這等於是在叫我中斷旅程。

想到世界各地增廣見聞，將來去當老師的夢想也會不了了之，所以不好意思，我決定追尋自己的夢。

「呵呵……至少想要兩個孩子。」

艾米莉亞在幻想跟我的夫妻生活，導致氣氛鬆懈下來，我繃緊神經，斬釘截鐵地告訴加布：

「十分抱歉，我有想走的道路，這個條件也不能接受。而且我不打算輸給您。」

「這句話是我要說的。我……必須變強。」

加布拚命追求力量的原因，等我贏了再問清楚吧。

我們擺好架式，雷烏斯看到加布左手的手甲，好像發現了什麼，喃喃說道：

「那個手甲……跟爸爸用的一樣。」

「他們父子用同樣的東西呀。雖然這麼嚴肅的時候講這種話不太適合，那個手甲好漂亮喔。」

「可是不對耶。爸爸戴的手甲只有右手……的樣子。」

如莉絲所說，那個手甲非常漂亮，散發出跟菲亞送我的小刀同樣的光芒，恐怕是祕銀做的。

我心想有機會的話之後再請加布讓我看看，然後發現他剛才都沒有提到雷烏斯。

「對了，您對雷烏斯沒有任何要求嗎？」

「他已經是可以獨當一面的戰士。用不著跟他交手，看就看得出來。強壯的身體與精神……他的實力在這個部落恐怕是數一數二的。既然這麼優秀的戰士決定跟隨你，我自然沒什麼話好說。」

銀狼族對男女的態度似乎不一樣。我認識某個國王對女兒寵到不行，對兒子卻挺隨便的，加布身上也散發出同樣的氛圍。總之看來他不是不關心雷烏斯，我稍微鬆了口氣。

加布閉上嘴巴，彷彿在告訴我無須多言，因此我也切換成戰鬥模式。

銀狼族好像是不太使用武器的種族。

由於即使沒有武器，他們也能靠強韌的身軀應戰，銀狼族不喜歡會拖垮速度的裝備。

至於雷烏斯，他是因為小時候看到我在練劍才想用劍當武器，而且如萊奧爾所說，雷烏斯很有天分，比起空手，拿劍確實比較適合他。這樣的雷烏斯在銀狼族眼中似乎是個異類，不過他們並沒有因而疏遠他，所以也沒什麼不好。

好了……加布在我東想西想的期間逼近，於是我發動「增幅」，進入戒備狀態。

他的速度比吉里亞快上好幾倍，可是我一開始就使出全力，勉強可以看清他的動作。從這一擊來看，加布對我絲毫沒有大意。

他在衝到我面前時舉起右拳，我正準備閃開，加布就用力踏出一步，強制收回右拳，同時揮出真正用來攻擊的左拳。

順便說明一下，我之所以認為他真正用來攻擊的是左拳，是從動作及習慣看出他是左撇子。而且那個手甲好像不是防具，而是武具。

一開始就用假動作，可見他滿習慣戰鬥的，但我可是跟那個劍術變態爺爺切磋過無數次。

我沒有靠蠻力硬接，而是側過身子，讓左拳擦過我的側腹，迅速抓住他的手臂，朝臉部使出飛膝踢，加布卻向後仰躲過這招。

接著他對跳到空中的我擊出右拳，我抓住他的拳頭翻身迴避，然後用有點勉強的姿勢使出迴旋踢，加布用力向後一躍，閃躲開來。

我們藉由雙方拉開距離的機會重整態勢，加布愉悅地把手指拗得喀喀響。

「比想像中還強！不僅躲得掉那一擊，還有辦法反擊……太棒了。這樣我又能抵達更高的境界！」

「可惜我不是墊腳石。想變強是無所謂，希望你先改改對艾米莉亞跟雷烏斯的態度。」

表面看來，加布一心只想著變強，對孫子毫不關心，但他剛才提到「為了她的幸福著想」，可見他還是有把姊弟倆放在心上。

不擅言詞的話，只要抱緊他們表示關心即可；不願接納他們的話，麻煩更殘酷無情一點，直接拒他們於千里之外。用這種不冷不熱的態度對待人家，姊弟倆會是最不知所措的。

「你不用武器嗎？想用你剛才卸下的武器或魔法的話儘管用，無須顧慮。」

「不必。我對體術有自信，更重要的是，我想直接把您打醒。」

「哼……那我就讓你不得不把武器拿出來！」

以前師父跟我說過。

只要能在對手擅長的領域勝過他，就能讓他閉嘴……雖然這種做法根本是以力服人，我也贊同這點。

正因如此，我要靠體術擊敗加布，叫他好好當姊弟倆的爺爺。

然而，加布不愧是只用拳頭經歷了無數場戰鬥的戰士，事情沒我想像中的簡單。一拉近距離就用拳腳互相攻擊，一面躲開對手的攻勢一面反擊——雙方你來我往的攻防戰不斷持續。

描述起來很簡單，不過加布的拳頭其實像鞭子一樣，攻擊路線變化多端，雙手雙腳也都會用上，因此攻擊次數也多。

與萊奧爾較量的時候因為相性問題，我才能占上風，可是加布對我來說有點難應付，打起來綁手綁腳的。不對，再加上和銀狼族的體能差距，說不定我還略居下風。

「我第一次看到天狼星前輩陷入苦戰。」

「我們的爺爺原來這麼強。」

「唔唔……傷腦筋。我想幫大哥加油，可是又不能不顧爺爺……」

雖然我們都還沒被對手直接擊中，種族不同造成的基本能力差距，導致我體力消耗得比他快。

呼吸逐漸開始亂掉，我閃掉他的重拳，試圖踢腿絆倒他，加布預測到我的動作，向後躲開我的腿，我也順勢退後。

好不容易拉開距離，我趁機調整呼吸，加布招招手挑釁我。

「怎麼了？就算你對體術有自信，那畢竟不是你原本的戰鬥方式吧？別再做無謂的堅持了，給我認真點。」

「呼……我拒絕。」

「那就沒辦法了。看我逼你拿出真本事。」

加布手臂一使力，魔力便凝聚在左手，令四周的大氣產生歪斜。推測是因為龐大密集的魔力從左手溢出了。

無色透明的魔力，現在可以直接用肉眼看到，看來加布準備使出強力一擊。直接吃下這招的話，別說昏倒，甚至有可能沒命。

吉里亞察覺加布的意圖，驚慌失措地跑到我們之間。

「住手，加布先生！這樣未免太超過了！」

「爺爺！我不知道你要幹麼，可是我總覺得不太妙，快停下來啊！」

「讓開！不逼那傢伙使出全力，我就無法變強！」

雷烏斯也發現情況不對，介入戰局，可惜加布不予理會，持續將魔力集中於手上。

「吉里亞先生，爺爺到底要幹麼？」

「加布先生想使出『銀色之牙』。不只大樹，連岩石都能粉碎，是他的必殺技。」

將魔力提高到極限，集中在慣用手上揍人──簡單明瞭的招式，威力卻不容小覷的樣子。

我聽著吉里亞的解釋，一面思考對策，加布似乎準備好了，對四周的人大吼：

「各位！統統退下，免得遭受波及！」

隨著加布一聲令下，在附近觀戰的銀狼族同時遠離我們。

既然知道只是單純的揮拳，應該能輕而易舉迴避，不過看他態度如此堂堂正正，想必是有信心能擊中我。

「不管你逃到哪裡，都無法從我的利牙下逃離。以你的實力應該看得出這擊的威力，來吧，看要用武器還魔法，別客氣。」

「那麼我就使出全力躲開這一擊吧。您才不用客氣。」

「哼……可別後悔喔？」

照理說，只要成功躲開這一擊，加布就會認輸。

加布聽見我的回答，露出笑容，我緊盯著他，擺好架式。這時唯一一群沒有離開的人——我的三位徒弟放聲吶喊：

「天狼星少爺，請您別亂來！」

「對啊大哥！幹麼跟爺爺打得這麼認真！」

「會受重傷的話，勸你還是停手吧！」

害弟子們為我操心，我感到愧疚不已，可是我現在沒那個心力回應，只能無視他們。

我側身警戒攻擊，比平常還要專注，對凝聚完魔力的加布說：

「請便。」

「……接招！」

他壓低身子，朝我猛衝而來，力道足以踩碎地面，速度是剛才的兩倍以上。

原來如此……使出全力的「增幅」，讓速度急遽增加，對從未看過這招的對手而言自然無從閃躲。

但我加上前世的經驗，經歷過無數的槍林彈雨與短兵相接。這種程度的速差就適應不了，那還像話嗎？

我放鬆多餘的力氣，像在研磨一把銳利的刀般集中精神。

「喝啊啊啊啊——！」

加布咆哮著擊出左拳，彷彿只是要把自己的力量全砸在對手身上，我也發動「增幅」，揮出拳頭。

加布的攻擊本應精準命中我的胸口，然而……

「什麼!?」

拳頭突然歪向一邊，擦過我的肩膀。

我瞄準的是加布的手甲，在絕佳時機精準地敲下去，讓拳頭偏移目標。加布的拳速快要跟子彈一樣，不過我憑著經驗與敏銳的感覺，勉強成功了。

必殺技被我躲過，令加布大驚失色，立刻準備重新發動攻擊，可惜我不可能放過這個機會。

我瞬間抬起做好攻擊準備的另一隻手，用手掌由下往上朝加布的下巴揮去，他的身體微微飛起來，隨後倒在地上。

「呼……要是沒有跟萊奧爾交手的經驗，搞不好就中招了。」

光要閃開那一擊就得耗費大量的體力及精神力，因此我在放鬆下來的同時流了一堆汗。真的是剎那間的防禦。

擦完汗之後，我確認加布的傷勢並無大礙，晚一步才有動作的弟子們喊著我的名字奔向這邊。除此之外還有幾位銀狼族也走過來，我便將加布交給他們治療，笑著迎接徒弟。

「天狼星少爺，幸好您沒事。那個……爺爺還好嗎？」

「只是腦部受到衝擊昏過去而已，等等就會醒來。」

「太好了。啊，你的手讓我看看，我幫你檢查有沒有受傷。」

聽見加布平安無事，兩姊弟鬆了口氣，目送加布被其他人抬走。由於加布十分受到同族的景仰，我本來擔心打倒他搞不好會害氣氛變險惡……其他銀狼族卻鼓掌稱讚我。

之後我才知道，只要人格沒有問題，銀狼族是會尊敬強者的。幸好沒有發生「同伴被擊敗所以其他銀狼族也接連前來挑戰」這種事。

我揮手回應眾人的掌聲，發現雷烏斯兩眼發光，緊盯著我。

「大哥好厲害！竟然看得清爺爺的動作！」

「挺勉強的就是了。你爺爺真的很強，之後去跟他請教一下如何？」

「嗯，我也嚇了一跳。他會不會願意教我剛才那招啊？」

贏的人是我，得讓他遵守約定才行。

我們應該靠拳頭溝通夠了，等加布醒來，我想請他跟姊弟倆好好談談。

與加布分出勝負後，宴會也落幕，銀狼族開始回到各自的家中。

我們目送跟丈夫重逢，幸福地踏上歸途的愛梨離開，來到加布家。

許多村民紛紛招待我們到自己家留宿，不過還是住在姊弟倆家人的家才有道理吧。重點是這樣加布一醒來，馬上就能跟他談。

加布家跟部落裡的一般家庭同樣大小，現在好像只有他一個人住。

我們聚集在家主睡著的房間，邊喝艾米莉亞泡的紅茶邊休息，這時一名男子進到家中。

是比加布年輕一點的銀狼族，那人說他是部落的村長，來跟我們打招呼。

「真是。這傢伙總是這麼亂來，令人頭痛。」

村長先為因為有其他事務而不能參加宴會一事跟我們道歉，握著我的手，感謝我救了愛梨他們和姊弟倆。

他瞥了還沒醒來的加布一眼，輕聲嘆息，然後看到艾米莉亞跟雷烏斯，懷念地瞇起眼睛。

「啊啊……真懷念。你們真的長得跟菲利歐斯和蕾娜一模一樣。」

「您認識爸爸和媽媽嗎？」

「那當然。我跟菲利歐斯是兒時玩伴，他在信上跟我提過你們。」

姊弟倆的父親在其他部落當村長，同為村長兼兒時玩伴的兩人一直維持聯繫，報告近況。

是說，連這位村長都認識他們兩個，為何兩姊弟的父親從來沒跟他們提過加布？

而且加布不願接納孫子的理由也還沒搞清楚，於是艾米莉亞下定決心提問：

「那個……請問爺爺為什麼這麼排斥我們？」

「嗯，我就是想來說明這個。如我所料，加布先生好像沒告訴你們，更重要的是，我認為你們應該知道。」

之後要講的似乎是他們家的私事，因此我和莉絲互相使了個眼色，起身準備離席，姊弟倆卻抓住我的衣服制止我。

我輸給他們哀求我留下的目光，只得坐回椅子上，莉絲也跟我一樣被拽住衣服，苦笑著坐下。

看到兩人撒嬌的模樣，村長高興地笑了。

「哈哈哈，他們很喜歡你們。簡直像真正的家族。」

「是的！天狼星少爺和莉絲是我們重要的存在。」

「嘿嘿，他們可是我的大哥跟莉絲姊。」

「那這兩個人一起聽也無妨囉。我想想……先從你們的父親菲利歐斯開始講起好了？」

我們專注地傾聽加布的過去，以及兩人的雙親菲利歐斯與蕾娜的故事。艾米莉亞依然抓著我的衣服。

加布很會照顧人，又是部落裡首屈一指的強者，所以年紀輕輕就當上村長。

他跟同部落的青梅竹馬結婚，兩人的孩子就是姊弟倆的父親……菲利歐斯。

可是，加布的妻子在生下菲利歐斯的同時過世了。加布沉浸在悲傷中，為了兒子重新振作，在其他人的援助下扶養兒子。

他開始讓菲利歐斯跟同年齡的小孩一同接受訓練，好將兒子養育成強大的男人。

「加布先生是嚴以律己，嚴以律人的人。平常很溫柔，只有訓練的時候會變得非常可怕。我和菲利歐斯不曉得被他弄哭過幾次……」

菲利歐斯在加布的鍛鍊下長大，成為不遜於父親的戰士，人品又好，每個人都說下任村長肯定是他。

然而……之後發生了一起事件。

「那一天，我和菲利歐斯在森林裡打獵，途中發現一群可疑人士。他們是奴隸商人，疑似被魔物襲擊，迷路了。但我們在意的不是那些奴隸商人，而是他們帶著的銀狼族。」

奴隸商人帶著的銀狼族，是兩位與菲利歐斯同齡的女性。

兩人發動奇襲，想要拯救同胞，奴隸商人卻發現了，拿銀狼族當人質。

他們發動支配項圈的功能，折磨銀狼族女性、藉此威脅兩人，可是其中一名女性的身體早已到了極限，當場就……

「……等我繞到他們背後，把那群人盡數殲滅時，菲利歐斯早已抱著斷氣的女性號啕大哭。這時，另一名女性主動安慰他。」

那人就是兩姊弟的母親蕾娜。

去世的女性是蕾娜的妹妹，體弱多病。她抱著菲利歐斯，不斷感謝他在最後解放了妹妹。

菲利歐斯好不容易振作起來，回到部落，眾人立刻開始討論蕾娜要由誰照顧。有對膝下無子的夫妻本來想收養她，菲利歐斯卻表示他要負起責任。

「其他人都反對，菲利歐斯卻堅持不讓步。加布先生在奇怪的地方很頑固，菲利歐斯也遺傳到這點。」

村民拗不過鮮少耍任性的菲利歐斯，同意讓他們住在一起。

這個行為可能有點像互舔傷口，不過隨著時間經過，兩人的心傷也癒合了，不知不覺成了戀人。

「他們說要結婚的時候，躺在床上的那個老爺爺並不贊成。」

不曉得是因為妻子早逝，還是他一個大男人獨自將小孩扶養長大，當時加布的思考模式非常死板，認為菲利歐斯是因為沒能拯救蕾娜的妹妹，想為此負責才跟她結婚。

父子倆的意見完全沒有交集，雙方都堅持己見，差點演變成互毆。結果菲利歐斯和蕾娜無視加布的反對，結了婚離家出走，逃到遙遠的部落。

「經過一段時間，我當上這裡的村長時……菲利歐斯寫信告訴我他在自己的部落當上村長。他在信上從來沒寫到爺爺，想不到連在子女面前都沒提過。」

「……爸爸是不是很恨爺爺？爺爺也……」

「不，我想不會。」

雖然這只是我的推測，我覺得他們並不恨對方，也不討厭對方。

與加布交手前，雷烏斯說加布的手甲跟父親用的一樣。

「雷烏斯，加布先生左手的手甲，你父親也有一樣的對吧？確定只有右手？」

「對、對啊！跟那一樣，戴在右手……沒記錯的話。」

「我也記得是這樣。爸爸每天晚上都會細心擦拭它，從來沒有一天忘記。」

「什麼嘛，果然是父子。這位爺爺也一樣。」

我剛才拿起他的手調查了一下，那個手甲果然如我所料，是祕銀製的。

無法輕易取得的裝備，我不認為父子倆會這麼巧都弄掉另一半，推測是本來成對的手甲讓他們各拿一個。

兩人都不會疏於保養，表示……

「到頭來，他們兩個都不夠坦率。」

「就是這樣。這對父子太頑固啦。」

姊弟倆聽了，放心地吁出一口氣，莉絲也面露微笑。

「受不了……爸爸跟爺爺真令人傷腦筋。」

「對了，爸爸有時會看著手甲發呆，原來是因為這樣。」

「太好囉，爺爺。菲利歐斯好像也想跟你和好。」

村長突然提高音量，望向加布，躺在床上的加布用鼻子哼了一聲，別過頭。我知道他中途就醒了，但他沒有要加入對話的意思，所以我也沒有多管。

「爺爺！你醒了。」

「爺爺，你沒事吧？」

「會痛的話可以用我的魔法治療唷？」

「就叫你們別那樣叫我。還有小妹妹，妳的好意我心領了。」

加布依然背對我們，彷彿在說「剩下不關我的事」，拒絕一切。村長嘆著氣搖了搖他，他還是不轉過來。

「嘿，你的孫子孫女很困惑喔？自己去跟他們說明啦。」

「…………」

「那就由我來說囉。不然那幾個孩子太可憐。」

「…………隨便你。」

加布用像在鬧脾氣的聲音下達許可，村長便接著述說。

兒子離家出走後，加布表面上沒受到影響，卻常常看見他在發呆，宛如一具空殼。

此外，每次村長收到信，加布都會裝成一副嫌麻煩的樣子，找他詢問菲利歐斯的近況，村長似乎覺得他有點煩。

「過了幾年……菲利歐斯寫信告訴我，他們的小孩艾米莉亞和雷烏斯出生了，過得很幸福。之後他跟我說，他覺得差不多可以原諒爺爺了，這就是我收到的最後一封信……」

「…………」

「我們的部落……被魔物襲擊了。」

村長看到兩姊弟難過得垂下頭，躊躇片刻，然後點了下頭，下定決心開口說道：

「我們是幾天後才知道這件事。因為除了你們兩個，大家都犧牲了，是剛好要去那個部落辦事的同伴幸運撿回一條命，回來告訴我們。真的很抱歉。」

「不會……這也沒辦法。」

艾米莉亞下意識抓住我的手臂，我摸摸她的頭安撫她。

村長看到這一幕，露出柔和的笑容，將視線移回加布身上。

「聽說菲利歐斯的部落遇難的瞬間，這位老爺爺第一個想起過去。可是什麼都沒準備太危險了，我們所有人一起出動才成功阻止他。」

再怎麼趕，從這裡到姊弟倆住的部落好像也要耗費數日。

因此，村長安撫好加布，從村民中選出優秀的戰士，做好準備才出發，然而……

「你們住的部落到處都是魔物，強大的種類也很多，怎麼殺都殺不完，我們只得撤退。」

即使八成沒有倖存者，他們還是想至少幫同胞立個墓碑，再三派人過去……卻不斷被魔物擊退。

原來如此……這就是加布想變強的理由嗎？

他想變強殲滅那群魔物，奪回部落，再好好祭拜兒子。

「所以，他覺得不僅無法為兒子報仇、連墓碑都立不了的自己，沒資格被孫子叫爺爺。明明他聽說孫子出生的時候那麼高興。」

「爺爺……」

「爺爺……」

「……就說別那樣叫我了。」

比起對那群魔物的憎恨，加布更加無法原諒自己。

假如當時沒有反對他們結婚，一家人一起在這個部落生活，說不定兒子就不會出事，艾米莉亞他們也不會遭到魔物襲擊。

更重要的是，永遠失去與兒子重修舊好的機會，他想必非常懊悔。

他沒有把一直很想見的孫子當家人對待，從這一點來看，加布就是如此嚴以律己……可是，他怎麼想與我無關。

「不，你必須讓他們叫你爺爺。別忘了我們當初的約定。」

「…………哼！沒辦法。誰叫我輸了。」

「就是這樣。來，別顧慮那麼多，去跟爺爺撒嬌吧。」

雖然他沒有轉過身，加布勉為其難答應了。

我推了推還有點猶豫的兩姊弟，他們便坐到加布旁邊，平靜地跟他說話。

「那個……爺爺。」

「……幹麼？」

「我想聽爺爺跟我說爸爸的事。」

「……等我有那個心情再說。」

「那爺爺，把你剛才用的招式教我嘛。大哥也說那招很厲害！」

「……我考慮看看。」

儘管話不多，一家人終於可以正常交談，我跟莉絲轉過身，默默溜出房間。

之後應該能靠孫子孫女的力量，讓加布敞開心扉吧。現在我只希望他們享受與家人的交流。

我跟莉絲來到屋外，帶著在我們踏出家門的同時走過來的北斗，於灑滿月光的部落中散步。其他銀狼族已經回家休息，整個部落化為只有些微生活音，以及風聲、蟲鳴的寧靜世界。

我們漫無目的地走來走去，並肩坐在路旁的石頭上，看著夜空中的月亮聊天。

「那個爺爺真的好頑固，雖然我可以理解他的心情。之後他們還得相處一段時間，只要多跟可愛的孫子接觸，那頑固的個性也遲早會改善吧。」

「意思是，你果然打算帶加布先生一起去囉？」

「沒錯。艾米莉亞跟雷烏斯會高興，加布先生也能達到自己的目的，我們還能增強戰力。他之前開的條件是如果我輸了，就讓他與我們同行，主動邀他的話他肯定會跟過來。」

「這樣呀……嗯，也是。家人還是在一起最好。」

「是啊。北斗也這麼覺得對吧？」

「嗷！」

我們一起摸著把頭蹭過來的北斗，享受平靜的氣氛，任時間流逝。

隔天……太陽都還沒完全升起，我就被聲音吵醒。

「唔……吵醒你了嗎？」

加布家只有客廳及臥室兩個房間，因此臥室給艾米莉亞和莉絲睡，我、雷烏斯、加布則在客廳打地鋪。

睡在這種地方，一有人起床就會馬上察覺。我打著哈欠，跟先醒來的加布打招呼。

「沒關係，我大多都在這個時間醒來。」

「是嗎？我出門一趟，別管我，繼續睡吧。」

「您要去哪裡？」

「晨練。我每天都會出去做訓練。」

「請問我可以一起去嗎？」
「……隨你高興。」
於是，我決定陪同加布晨練。
本來想把雷烏斯也叫起來，但不知道是不是因為昨天發生太多事，他睡得非常熟。平常這時間已經起床的艾米莉亞還沒醒，應該也是同樣的原因。
他們好不容易與同胞重逢，玩得那麼開心，偶爾讓他們睡飽一點吧——因此我決定直接出門。
至於睡在外面的北斗……
「百狼大人，今天也請保佑我們平平安安。」
「百狼大人，請保佑我們今年也能大豐收。」
「嗷嗚……」
好幾位銀狼族在牠前面，誠懇地膜拜牠。
推測是早上要去下田的人，他們精神非常集中，導致北斗不方便亂動。
北斗用視線向我求救，我揮揮手叫牠加油，與加布一同前往森林。
加布和我們一樣，晨練第一件事是去森林裡跑步，有股親切感。
這條路他大概每天都在跑，土壤都被踩硬了，變成一條小徑。我們默默在森林裡奔跑，跑在我前面的加布回頭笑著說：

「……挺厲害的嘛，竟然有辦法輕鬆跟上我……看來你並非僥倖獲勝。」

「是這樣嗎？」

我還想說他怎麼跑這麼快，看來是想測試我。

「除了我兒子，能跟上我的只有你一個。世界真大。」

「是啊，外面有各式各樣的強者。光我認識的就有個能靠一把劍——」

我跟加布聊起人稱剛劍的萊奧爾，在森林裡跑了一段時間。

之後我才知道，加布的速度足以讓部落裡的銀狼族累到不支倒地。

跑完步的我們，來到離部落有點距離的廣場。

幾位疑似加布徒弟的銀狼族排在那裡，一看到他就排成一排，挺起胸膛。訓練得挺好的。

愛梨的丈夫吉里亞也在其中，他發現我跟在加布後面，開口和我搭話。

「咦……這不是天狼星嗎？你來參觀的？」

「算是吧？我好奇你們都在做怎樣的訓練。」

「噢，就是我們跟加布先生——」

「吉里亞，廢話少說，給我站好。今天我會特別嚴格！」

訓練是和加布一對一交手。

不過不只是單純的對打，加布會一邊仔細指出對方的缺點。

他的指導似乎非常嚴厲，所以雖然每個人分到的時間不長，訓練完的人都直接癱在地上。跟大家戰完一輪後，加布只流了一些汗，真的很厲害。

每天與徒弟切磋，加布自己也能順便鍛鍊。

裡面還有未滿十歲的小孩，加布卻把他們當大人對待，積極指導他們。

每位徒弟都指導過後，晨練到此結束。跟加布一起回家的途中，我指出剛才發現的問題。

「加布先生，您與吉里亞對戰時，重心好像有點偏移。」

「是嗎？等等麻煩你跟我講詳細點。」

即使對方年紀比自己小，即使對方是曾經擊敗自己的人，他也會積極聽取建議，這種心態非常值得讚賞。難怪加布有辦法變得這麼強。

回到家的時候，膜拜北斗的村民們已經離開，前面放著籃子，裡頭是疑似供品的蔬菜及肉乾。

以魔力為糧食的北斗不需要食物，所以牠好像說牠不要，卻因為村民太過熱情，拒絕不了。

在我煩惱該不該跟人家解釋原因，把東西還回去時，北斗叼著籃子放到我手上。

「嗷！」

「……要給我嗎？這是你收到的東西吧？」

「百狼大人說沒關係。而且，總不能糟蹋別人的心意。你們救了我們的同胞與我的孫子，這些食物進到你們的胃裡，大家也會高興。」

加布說得沒錯。雖然有點不好意思，我就收下吧。

我告訴北斗等一下再幫牠梳毛，牠搖著尾巴開心地叫了。

剛踏進家門，就看到艾米莉亞跟莉絲已經起床，在廚房做早餐。在客廳做伸展運動的雷烏斯發現我們回來，笑著打招呼。

「大哥早，爺爺早。出門怎麼沒帶我一起去啦。」

「天狼星少爺，爺爺，早安。」

「早安。早餐快做好了，再等一下喔。」

「大家都起床啦。早安。」

「……嗯。」

聽見孫子對自己道早，加布表情緩和下來，緊接著又恢復成平常面無表情的狀態。不過從後面可以看到他尾巴微微顫抖，看得出他在努力掩飾喜悅。

本來我也想幫忙，她們卻叫我到外面坐著，把我趕出廚房。我迫於無奈，只得拿著北斗給的食材坐在客廳等。

「我們在做愛梨小姐教的菜。」

「味道是根據我們自己的口味調的，不知道合不合爺爺的喜好……」

「別想那麼多。光有人幫忙煮飯就夠了。」

今天的早餐是將在這裡採到的豆類、香草拿去燉煮而成的料理，以及加入許多肉與蔬菜的湯，還有把整塊肉拿去烤的烤肉。

量也很多，以早餐來說是頗有負擔的菜色，不過在這個世界，一大早就吃這麼多並不稀奇。銀狼族的這種傾向似乎特別強烈，難怪姊弟倆這麼會吃。

加布將桌上的料理送入口中……瞬間僵住。

「爺、爺爺，怎麼樣？」

「雖然比不上大哥，姊姊做的菜很好吃吧？」

「……嗯。味道有點重，不過……很好吃。」

「可能是因為整體上來說，阿德羅德大陸的料理味道偏淡，我們的調味才會顯得比較重。天狼星前輩覺得呢？」

「嗯，食材的特色有煮出來。妳們都進步了。」

看我們評價這麼高，艾米莉亞與莉絲樂得輕輕擊掌。

聽村長說，兒子菲利歐斯離家後，加布幾乎都是一個人吃飯。

獨居生活中，突然多出包含孫子在內的四個人，加布或許會覺得不習慣，但我看得出他確實很高興。他拚命埋頭吃飯，藉此掩飾從眼眶泛出的淚水，我們都沒有戳破這件事，靜靜享用早餐。

吃完早餐後，加布要帶其他年輕人去打獵，雷烏斯也跟去了。

我則帶艾米莉亞和莉絲出門散步，參觀部落。

環視周遭，可以看見大家都勤奮地工作著，有人在田裡工作，有人在製作需要用到的雜貨，有人在修房子。

「好和平的部落。」

如莉絲所說，這裡氣氛和諧，感覺很和平。

沒人為飢餓所苦，也沒有疾病蔓延。頂多只有魔物很多——因為四面都是森林——不過村民都會定期驅逐魔物，似乎並不構成問題。

散步途中，我去找耕田的人聊天，問他們整年的收穫情況。

結果，全年都能採收的作物約六成，有三成的作物要視季節而定。

他們種的作物裡好像還有收穫量不穩定的，於是我參考上輩子的知識，給了幾個建議。上輩子我去過好幾次鬧饑荒的國家，自然擁有農務方面的知識。

指導完村人後，時間也差不多了，因此我回家準備午餐，北斗再度叼了個裝滿作物的籃子給我。看來牠又收到供品，我就心懷感激地收下吧。

吃完午餐，做完平常的訓練，姊弟倆不知為何莫名激動，跑過來找我。

「天狼星少爺！若您方便，要不要來玩飛盤？」

「很久沒玩了耶！」

兩人帶著燦爛笑容，尾巴搖來搖去，幹勁十足。

推測是因為與家人重逢讓他們非常亢奮，想做點平常會做的事，藉此靜下心來。

「北斗先生好像很忙，今天我們可以獨占飛盤囉。」

「嗯！我不會輸的，姊姊！」

……大概。

我們移動到廣場開始玩飛盤的瞬間……部落的氣氛變了。

興致勃勃地跟過來的小孩……

處理魔物毛皮的主婦……

正在切肉的年輕人……視線都像被黑洞吸引過去般，全部落在飛盤上。

孩子們甚至跟姊弟倆一起衝出去，搖著尾巴玩得樂不可支。

「我不客氣了，姊姊！」

「唔!?算你厲害！」

第一輪接到的是雷烏斯，這時他才終於發現四周異常的狀況。

雷烏斯在萬眾矚目之下將飛盤還給我，我按照慣例摸頭稱讚他，盯著飛盤的銀狼族全都聚集到我們旁邊。

「欸欸欸，那是什麼遊戲？」

「大哥哥，再多扔幾次！」

「讓我也加入嘛！」

我之前就覺得他們的休閒活動感覺不多……想不到這麼誇張。

於是，我們在加入其他銀狼族的情況下，開始第二輪比賽，扔飛盤的還是我。

明明可以讓其他大人扔，大人們自己卻會忍不住想衝出去接，沒人願意接下這個任務。超過十名的銀狼族同時追逐一個飛盤，畫面相當有趣。

就這樣……在銀狼族之間廣為流傳的遊戲——飛盤誕生了。

玩完飛盤，我們回到加布家，北斗叼了第三個籃子過來。我看只要有北斗在，住在這裡的期間根本不用煩惱糧食不足。

北斗沒有跟我們在一起，是因為部落裡的銀狼族一個接一個拜託牠去祝福自己的小孩。所謂的祝福只是用前腳觸碰小孩的頭，孩子的父母卻會感動得發抖。人數似乎挺多的，之後得好好慰勞牠。

補充一下，沒玩到飛盤的北斗心情有點不好，姊弟倆只得不停跟牠道歉。

在部落過了兩天左右，我發現艾米莉亞變得怪怪的。

早上起不來、看到銀狼族的小孩跟父母撒嬌的畫面會別過頭，精神越來越緊繃。

我隱約猜得到原因，但現在還不到出手的時候，因此我選擇默默觀察情況。

當我決定差不多該出發時，加布邀我吃完晚餐去外面散步。

我還沒告訴他要帶他一起去，有件事也想私下問他，所以我答應了，在加布的帶領下來到部落外面的小山丘。

加布坐在能瞭望整個部落的石頭上，倒了兩杯從家裡帶過來的酒，將其中一杯遞給坐在旁邊的我。

「可以陪我喝一杯嗎？」

「那，就一杯。這是加布先生珍藏的酒嗎？」

「正是，慶祝時喝的。還有，叫我加布就好。你打贏了我，不需要對我那麼客氣。」

「既然您——不對，既然你這麼說，我知道了。那麼……」

「嗯。乾杯。」

不曉得是不是因為我們藉由那場對決承認了彼此，我跟加布之間萌生類似戰友關係的羈絆。

我們笑著輕輕乾杯，悠閒地喝酒，俯瞰部落。加布倒了第二杯酒時，深深嘆出一口氣，平靜地開始述說。

「孫子……真可愛。我知道現在才講這個很奇怪，不過，真的感謝你救了他們。」

他終於坦承自己的想法，我有點高興。加布果然很重視兩姊弟。

我能體會他複雜的心境，可是家人還是好好相處比較好，再推他一把吧。

「那句話去跟艾米莉亞和雷烏斯說啦。他們一定會很高興。」

「不……在回去弔祭兒子前，我沒資格被孫子稱作家人。這是……我給自己設的規矩。」

他一口氣喝乾杯中的酒，像在感慨什麼似的抬頭仰望明月，接著喃喃說道：

「我沒試著相信菲利歐斯和蕾娜的愛。後悔的事多得跟山一樣，至今仍重重地壓在我身上。甚至覺得與其這麼後悔，不如死在魔物手下……」

「但你還活著，然後見到了孫子不是？」

「是啊……我明白。再怎麼後悔都無法回到過去。見到孫子的那一刻，我跟兒子出生時一樣深受感動。這幾年來，我滿腦子都只想著悼念菲利歐斯，真的很久沒有那麼感動了。感動到就這樣為孫子活下去也不錯……」

「可是，你不能允許自己這麼做對吧？所以你才對艾米莉亞和雷烏斯那個態度。」

「沒錯。明知可以不用這樣，內心卻無法接受。直到為兒子立好墓碑前都不願前進的頑固老頭，沒資格被孫子叫爺爺。」

加布閉上嘴巴後，我們就沒有再說話，默默喝著酒。

我明白他想說什麼，喝完第一杯酒，放下杯子，轉頭面向正在喝第四杯的加布。

「你要跟我們一起去對吧？」

「你可能會覺得我厚臉皮，依靠年輕人，但我還是想與你們同行。拜託你務必帶我去。」

加布放下杯子，向我深深低頭。

不過，他根本不需要求我，因為我本來就打算帶他去。

「把頭抬起來吧。我們本來就需要有人帶路，有你這麼厲害的人陪伴，我歡迎都來不及。更重要的是，你不是艾米莉亞跟雷烏斯的家人嗎？不必顧慮那麼多，大可直接跟過來，要煩惱的話，不如煩惱怎麼疼他們兩個。」

「你說得對。我會想想……天狼星。」

「疼孫子的爺爺，比頑固的爺爺還要好上好幾倍。」

雖然應該還得給他一些時間，加布總算向前邁進了。

就這樣，我跟親切地直接叫我名字的加布，一同享受月下的美酒。

要帶加布同行是我擅自做的決定，不過姊弟倆和莉絲也都喜孜孜地同意。

消息轉眼間傳遍全村，一堆銀狼族跳出來說自己也要跟去。

然而，由於愛梨前幾天才剛被人族擄走，村長和加布叫他們留在部落加強戒備，其他人只好放棄。

聽說那裡充滿魔物，越多人說不定會越好，不過人少一點，遇到危險時比較方便撤退，所以我個人希望只有加布跟來。而且有其他村民在，加布可能又會壓抑住自己的心情。

我們已經做好準備，於隔天早上在眾多銀狼族的目送下出發。順便說一下，村民開始在北斗平常坐的位置刻牠的石像，我決定不去在意。

負責帶路的卡布毫不猶豫地在宛如迷宮的森林中行走，姊弟倆則笑著走在旁邊。

「爺爺，可以走快一點沒關係，我們跟得上。」

「我們平常都有在訓練，不用擔心啦，爺爺！」

「……我沒有在擔心你們。」

加布對孫子的態度還很僵硬，可是看他自然而然為兩人放慢步調，算有進步了。

他之前說過，直到回去弔祭兒子前，沒資格被孫子當家人對待……但孫子跑來撒嬌，他還是很高興的樣子，面對聽從我的建議發動猛攻的兩姊弟，決心逐漸開始動搖。加布努力維持在面無表情狀態，我卻有種他在心裡笑得合不攏嘴的感覺。

「爺爺，那種植物可以吃嗎？」

「欸，爺爺，你那個必殺技再跟我講詳細一點啦。」

「……好好好，我告訴你們，可不可以不要同時跟我說話！」

是奪回部落先，還是加布先被這兩個人攻略先呢……值得期待。

我看著如此溫馨的畫面，朝姊弟倆的故鄉前進。

與加布一同離開部落後，第一件事就是先去找藏在森林裡的馬車。

根據情報，那個部落的不遠處有條街道，我們便決定坐馬車過去。說是「不遠處」，以百狼的腳程也要徒步一整天就是了。

直接走過去當然也可以，不過把馬車放在外面這麼久實在不太好，而且坐馬車一定比較輕鬆。

在比愛梨還要熟悉森林的加布的帶領下，我們比去程更快回到馬車的藏匿處，解除外面的偽裝。

「嗯……不錯的馬車。」

「對吧？雖然大家一起睡會太擠，這輛馬車等於是我們的家。」

「我還是用走的就好。」

加布和其他銀狼族比起來固然比較有個性，但他一樣會尊敬北斗，不敢坐北斗拉的馬車。

我們先確認馬車並無異狀，才向兩姊弟的故鄉出發。

路上遇到好幾次魔物與盜賊，全都被雷烏斯跟加布打倒了，沒有我和北斗出場的機會，因此我一直在看他們表現。從旁觀者的角度來看，加布的個性一目了然。

比如說，遇到一看見銀狼族就眼睛發亮的盜賊……

「喂，你看，這麼多隻銀狼族。」

「而且還有女的。把她調教成會對我搖尾巴的奴——嗚呃!?」

「臭小子，看我宰了你們！」

簡單地說，他對外人絕不會手下留情。

尤其是盯上艾米莉亞的人，加布甚至會多揍幾拳。坦率點直接用行動表示對孫子的疼愛不就得了，他卻堅持要忍到祭拜完兒子之後。

儘管加布藏在心中、對孫子的溺愛令我傻眼，旅途本身還算順利，只有一個問題。

我是在從部落出發的兩天後發現的。

做早餐的時候，在我旁邊幫忙的莉絲先確認附近沒人，才開口跟我商量。

「那個，天狼星前輩，其實我想跟你談談艾米莉亞的問題。」

「嗯，我也正想問妳。她表面上假裝沒事，今天卻一大早就沒什麼精神，方便告訴我發生了什麼事嗎？」

「好的。其實昨天晚上──」

艾米莉亞他們去打獵兼採集食材，現在只有我跟莉絲兩個人。北斗也在旁邊，但牠聽見也無妨，因此我並不在意。

根據莉絲所說，昨晚睡覺睡到一半，艾米莉亞突然抱住她。

聽起來單純只是習慣抱著人睡覺，不過從莉絲的表情看來，狀況似乎並不尋常。

「艾米莉亞抖得好厲害，所以我抱著她，摸她的頭和背，過一陣子她就冷靜下來了，可是她好像整晚都沒睡好。」

「她有沒有……在夢中呼喚母親？」

「嗯，有。果然是……」

「妳猜得沒錯。艾米莉亞一定是作惡夢夢到過去的事件。」

數年前，我在森林裡撿到那對姊弟，艾米莉亞剛對大家敞開心房時也是同樣的狀況。

有時她會夢見以前的事，每次都會怕得鑽進媽媽或諾艾兒床上。

可是一年過後，她就不會作惡夢了，恢復成本來活潑的個性努力訓練。

現在又發生同樣的症狀，推測是因為離故鄉越來越近，契機則是救了愛梨母子一事吧。

「艾米莉亞和雷烏斯的父母怎麼了，妳也知道吧？」

「他們親眼目睹家人被……對不對？我不忍心看艾米莉亞那麼害怕，希望你幫忙安慰她。」

「可惜，我出馬八成也沒用。」

雙親在自己面前被魔物吃掉的畫面，對艾米莉亞而言是嚴重的心靈創傷。即使能忘記傷痛，傷口也不會消失。

就算我去安慰她，讓她恢復精神，之後她也只會因為什麼事而又想起來，陷入恐懼之中，不斷重蹈覆轍。

小時候的她所能做的最大努力，就是面對過去……現在卻不一樣。

艾米莉亞已經到了稱得上大人的年紀，身心經過鍛鍊，即將回到因緣之地。憑藉自身意志克服傷痛的時刻來臨。

「這道牆必須由她自己跨過。否則艾米莉亞會永遠受到惡夢的折磨。」

「說得……也是。可是，默默看著她受苦也很讓人於心不忍，有沒有什麼是我能為她做的？」

「幸好艾米莉亞自己也有察覺到這點。妳就拿捏好分寸讓她撒撒嬌，讓她身心得到充分的休息囉。」

艾米莉亞雖然會找我撒嬌，拜媽媽的教育所賜，她並不會什麼事都依賴我。

然而，以她現在的精神狀況，太寵她的話她很有可能變得太過依賴人，因此適度地安撫她，讓她維持足夠面對過去的體力方為上策。畢竟我們連她的故鄉都還沒到呢。

莉絲聽見我說「拿捏好分寸」，突然尷尬地笑出來。

「那、那個……怎麼辦。艾米莉亞昨晚實在太可愛，我可能不小心太寵她了。」

「以她今天的狀態來說，應該沒問題，而且她看起來對妳挺不好意思的。是說，妳寵起人來的威力感覺會很驚人。」

莉絲是個愛吃美食、乍看之下有點少根筋的溫柔女性，卻擁有不輸給艾莉娜媽媽的包容力，難怪被叫做聖女。

她那自然的笑容能使人靜下心來，被她寵過的男人，可能會徹底成為她的俘虜。

我在內心提醒自己也要多加注意，這時莉絲沉思片刻，視線落到我身上。

「天、天狼星前輩也可以來找我撒嬌喔？」

「那我遇到難過的事，就撲到妳懷裡如何？」

「咦!?好、好的。那個……我等你。」

聽見我的回應，莉絲羞得面紅耳赤，高興地笑了。

「總之，艾米莉亞現在這樣，妳可能會看不下去，不過希望妳忍耐一下。我們一起從旁協助她吧。」

「嗯！啊，可是根據我的推測，接下來她可能會換成找你撒嬌。」

莉絲露出有點壞心眼的笑容，彷彿在叫我好好加油。

當天晚上……她的推測精準命中。

傍晚，加布說之後的路要用走的，我們便將馬車停在離街道有段距離的地方。大家開始準備露宿郊外，吃完晚餐，抽籤決定好守夜順序後才睡。

睡到一半的時候，加布把我叫醒，看來輪到我了。

我負責的時段在中間，是最累的時候，但我很習慣熬夜，再加上能讓魔力活性化，於短時間內補充體力，我想我是最適合的。

艾米莉亞跟雷烏斯雖然說我可以不用守夜，只有我享有特權的話，哪有資格自稱老師，所以我完全沒打算聽他們的。而且現在姊弟倆來說是關鍵時期，我想盡量減輕他們的負擔。

我驅散睡意，拎起用來披在身上的毯子，然後補充水分。準備躺下來睡覺的加布瞇著眼對我說：

「你剛剛動了手腳，讓自己抽到這個時段對吧？真貼心。」

「被發現啦。目前那對姊弟在精神上是最疲勞的，得讓他們多休息一會兒。而且，你也是吧？」

「……那就麻煩你了。」

加布選擇在營火的不遠處睡，我確認睡在他附近的雷烏斯沒有醒來後，坐到營火前面扔木柴進去。

剛才讓我靠著睡覺的北斗坐到我旁邊，我伸手摸牠的頭。就在這時，我感覺到其他人的氣息，回頭一看，發現艾米莉亞從馬車裡探出頭。

她今天也睡不好嗎？艾米莉亞默默坐到我旁邊，把頭靠在我肩膀上，一副快要哭出來的樣子。

艾米莉亞平常就會對我撒嬌，卻幾乎沒有這麼明顯過。從那異常的行為來看，現在她的心靈非常脆弱。

她一語不發，身體的顫抖透過我們接觸的部位傳達過來，八成又是被惡夢驚醒。莉絲說中了。

若是媽媽或諾艾兒……這種時候會讓她躺大腿吧？

因此我讓她的頭躺在我腿上，溫柔撫摸耳朵附近，艾米莉亞的顫抖便慢慢平息下來。

「……對不起。我明明是您的隨從……卻這副德行……」

「是我自己想這麼做的。妳只是回應主人的期望，別在意。」

她用手遮住臉，拚命忍住不要哭出來，大概是覺得自己很沒用。

我繼續摸著她，經過一段時間，艾米莉亞恢復平靜，拿開手看著我的眼睛。

「您什麼都不問嗎……？」

「妳希望我問？」

「沒有……那個……」

「我懂妳失眠的原因。可是，我不太想多說什麼。理由妳自己很清楚吧？」

艾米莉亞現在跑來找我撒嬌，也是因為知道不能把所有問題都丟給我解決。所以，她才會猶豫該不該告訴我。

不過……這樣就好。

「靠自己的力量跨過去才有意義。妳之所以這麼迷惘，就是因為明白這點。」

「可是，我還跑來麻煩您……」

「這只是休息片刻罷了。回到故鄉後，就算妳不想，也會被迫面對過去。萬一妳到時累得什麼事都做不了……就白費力氣囉。」

即使沒辦法恢復到萬全狀態，我也希望她至少休息一下，好讓精神不要那麼緊繃。

「累的時候會下意識去想討厭的事。現在先乖乖休息，為之後做準備吧。我的大腿借妳一天。」

「謝謝您。不過……只有一天嗎？」

「等妳順利克服這次的難關……偶爾可以借妳。」

「約好囉。我一定會……做給您看……的……」

不曉得是不是跟我傾訴過後，心情輕鬆了點，艾米莉亞靜靜閉上眼睛。這樣她的睡眠時間就達到最低需求了，明天應該不會有問題。

我正準備把身上的毯子披到她身上，北斗就輕輕用尾巴蓋住她，以免她著涼。

艾米莉亞這麼痛苦，弟弟雷烏斯卻睡得跟平常一樣安穩，有點怪怪的。

但這並非因為雷烏斯冷酷無情。除了個性因素外，雷烏斯和艾米莉亞不同，沒有目睹雙親臨終前的那一幕，再加上艾莉娜媽媽代替了他的母親。至於艾米莉亞，比起母親，媽媽更像她的老師。

然而，雷烏斯確實也有點不對勁。他對魔物的攻擊性比平常更強烈，常常跟加布一樣，做出不必要的攻擊。

目前能靠「回來」的命令勉強阻止他，不過之後得想想該如何用「魔力線」把他整個人綁起來。

順帶一提，加布其實在裝睡，一直緊盯著我們。

可是他也知道自己不該插嘴，最後一句話都沒說，閉上眼睛。看來他願意把艾米莉亞交給我了。

雖然有點擔心，事到如今總不能回頭。

我要做的只有默默在一旁守候，等待躺在我腿上睡覺的這孩子克服過去。

隔天早上，我們把馬車藏好，重新出發。

根據加布的推測，以我們的移動速度，中午前就能抵達目的地。途中有座小山谷，但路途並不像愛梨帶我們走的捷徑那樣崎嶇，走起來並沒有遇到困難。

然而……穿過一條彷彿要將森林分成兩半的大河後，狀況急轉直下，周圍的魔物數量異常增加。

本來只有幾隻魔物沒感覺到北斗的魄力，衝出來攻擊我們，過了那條大河次數就變頻繁了。

「之後的路上魔物會變多！小心點。」

「交給我吧，爺爺！」

「我也上了！」

每走幾步就會遇到魔物，由於銀狼族一家會幫忙開路，我們幾乎沒有停下來過。可惜歸可惜，不過停下來割掉素材的期間，魔物會接連襲來，這樣永遠沒完沒了，所以除了稀有物品外，魔物的素材統統扔在原地。

我一面觀察整體戰況，下達指示，一面用「麥格農」射殺魔物。

「艾米莉亞、雷烏斯，退下！跟我和北斗交換。」

「咦？我還能打耶！」

「對呀，我還……」

「沒發現自己氣息變喘了嗎？到後面休息去。」

加布看起來還撐得住，因此我只叫他們倆退後，與北斗一同上前。

雷烏斯暫且不提，平常負責游擊的艾米莉亞主動站到最前線，太奇怪了。

我看著身後的兩姊弟從莉絲手中接過水喝，揮劍砍向緊逼而來的魔物。

北斗衝出去一口氣把魔物清理掉後，敵人都解決得差不多了，加布卻皺著眉頭喃喃自語。

「……不對勁。」

「哪裡不對勁？目前看來沒什麼大問題，有異狀的話麻煩告訴我。」

「魔物太少。我之前到這裡來的時候，攻擊我的魔物比這更多一倍。」

「爺爺不是來過好幾次嗎？所以魔物才被你殺得越來越少吧？」

「嗯——不然就是牠們遷移了？」

「調查一下好了。」

我閉上眼睛發動廣範圍的「探查」，到處都有魔物，卻偵測不到剛才攻擊我們的那種大群魔物。

數量確實不少，但我並不覺得那個量足以讓包括加布在內的銀狼族撤退。

「加布說得沒錯，魔物不怎麼多。我也有點在意，可是這附近沒有龐大的魔物反應，趁現在前進比較好。」

「……是嗎？既然你這麼說，那就前進吧。」

在旁人眼中，我發動「探查」時只是靜靜待在原地，看起來應該滿不可信的，加布卻毫不懷疑，直接邁步而出。不曉得是不是因為我們以拳交心過，加布對我幾乎是無條件信任，省下許多解釋的時間。

我們撥開茂密的藤蔓與樹枝，在森林中前進，退到後面的艾米莉亞走向加布問他：

「爺爺，大概要多久才能到？」

「快了。過這邊就看得見了。」

如加布所說，經過一棵大樹旁邊後，綠意就突然中斷，彷彿穿過了森林，抵達看得出以前有人住過的部落遺跡。

想當然耳，那個部落杳無人煙。

不過，姊弟倆終於……

「……回來了。」

「嗯。姊姊，我們的家……已經不在了。」

久違的故鄉徹底化為廢墟。

雜草、藤蔓叢生的雜亂廣場上，是勉強保有一些原樣的幾棟民宅。

姊弟倆看著面目全非的故鄉，淚水自然而然滑落眼眶。

「艾米莉亞……雷烏斯……」

「讓他們靜一靜吧。」

莉絲心生同情，跟著哭出來。

「終於……回到這了。菲利歐斯……你在這裡對吧？」

加布走到疑似廣場的地方，坐在那垂下頭。

他應該需要整理心情，也讓他獨處一陣子吧。

我看大家得花一些時間才能恢復平靜，可是時間一久，魔物極有可能聚集過來，於是我摸摸北斗的頭對牠下令。

「北斗，麻煩你了。」

「嗷！」

牠像在說「交給我」似的叫了聲，衝進旁邊的森林。

我叫北斗清掉潛伏在四周的魔物，以及留下自己的記號，讓其他魔物不敢接近。

現在我能做的，就是幫哭著悼念故人的大家排除阻礙。偶爾會有幾隻北斗還沒處理掉的魔物出現，我就用「麥格農」在魔物接近前射殺牠們。

本來我也該與弟子們一同哀悼，但總是需要有人戒備周遭。

而且……

「……對不起。」

這種程度的慘狀……我早已習慣。

跟在上輩子看過無數次的戰場屍堆比起來，沒有屍體已經算好了……腦中只浮現現實的感想，最先考慮到的是大家的安全。

這是我為了活下去而養成的習慣，怎麼改都改不掉。

所以，我無法陪你們一起難過……剛才那句道歉，是出自於這樣的感情。

我看北斗差不多驅逐完魔物了，發動「探查」偵測有無漏網之魚，下一刻……大聲發號施令。

「準備戰鬥！」

弟子們雖然哭得一把眼淚一把鼻涕，還是拭去淚水拿起武器。這也是訓練的成果吧。

加布則在我大叫前就擺好架式，狠狠瞪著有魔物反應的方向。

「天狼星少爺，有魔物嗎!?」

「沒錯，在西南方！」

以我的聲音為信號，北斗宛如一顆子彈從森林中飛奔而出，降落在我們前面，瞪著森林深處低吼。

接著，大地轟鳴，樹木紛紛倒下——那東西出現了。

「好大!?我從來沒看過這種魔物！」

「爺爺也沒看過嗎!?大哥呢?」

「這隻魔物……恐怕是叫做羅帝亞龍的龍。」

記得那是……沒有翅膀,靠強壯的雙腿在地上奔馳的龍族亞種。

外表類似我上輩子的暴龍種,體型是北斗的好幾倍大。

支撐巨大身軀的雙腳異常發達,有點短卻非常粗的手上長著利爪,彌補長度的缺陷。長滿無數根利牙的大嘴,想必毫不費力就能把人咬碎,吞入腹中。

外型跟學校的資料記載得一樣,不過……

「好像……有點不對。牠散發出一股不祥的氣息……」

我察覺到莫名的異樣感,眼前的魔物卻不給我時間仔細思考。

一發現我們,牠就張開大嘴發出類似衝擊波的咆哮。

「嘎喔喔喔喔——!」

魔物的咆哮足以讓一般冒險者嚇到動彈不得,被衝擊波及到會直接飛出去,可是北斗也發出同樣的咆哮聲,幫我們抵消掉。

北斗自己或許就有辦法應付牠,但我事前吩咐過牠千萬不要勉強,牠便乖乖聽我的話,把這隻魔物引到這邊來。

而且,我們都受過訓練,不會因為這種程度就害怕。

「北斗負責正面,我們從左右夾擊。要慎重行事喔!」

「知道了，大哥！爺爺，我從左邊進攻！」
「嗯，右邊交給我。」
「我隨時可以支援！」
總之先靠人數差距壓制住牠，從四面八方攻擊。正當我們準備分散開來……

「不……不要啊啊啊啊啊啊啊啊──────!?」

……我一時之間還反應不過來這是誰的叫聲。
陌生的尖叫聲令我回過頭，艾米莉亞面無血色，哭著大喊。
莉絲急忙跑過去搖晃她的肩膀，艾米莉亞卻沒有停止尖叫。
「艾米莉亞!?妳怎麼了！」
「不要啊啊啊啊──！不要！別過來！」
只不過是看到這隻魔物，艾米莉亞就失去理智地大叫。我立刻明白。
仔細一想，殺死她父母的魔物棲息在這附近一點都不奇怪。
也就是說，這隻魔物……
「雷烏斯！加布！那傢伙是殺死菲利歐斯先生和蕾娜小姐的魔物！」
我確信牠是攻擊部落、在艾米莉亞面前吃掉她的雙親的魔物。

雷烏斯與加布知道親人的仇敵近在眼前，殺氣騰騰地瞪著牠。

「是這傢伙……把爸爸跟媽媽！」

「原來如此……就是你嗎！」

兩人帶著明確的殺意，衝向羅帝亞龍。

被怒氣沖昏頭的他們從正面突擊，由於有兩個人同時接近，魔物遲疑了片刻。

不知道該攻擊哪一方的魔物，最後盯上速度稍快的雷烏斯，加布趁這空檔一口氣加速。

「這是我……兒子的仇！」

加布的鐵拳陷進魔物的臉，把牠揍得頭部歪向一旁。

雷烏斯則在這時殺到魔物面前，揮下大劍想砍斷牠的頭和身體，然而……

「搞什麼鬼!?」

他的大劍陷進魔物體內，砍不下去。

雷烏斯驚訝得試圖把劍拔出來，大劍卻文風不動，彷彿被固定在裡面。魔物藉機重整態勢，朝正在努力拔劍的雷烏斯伸出魔爪。

「休想！」

這時，繞到旁邊的加布揍了魔物的手一拳，使爪子偏離目標，救了雷烏斯，我立刻用「魔力線」綁住劍大叫：

「雷烏斯，一起用力拉！」

「喔！一、二、三！」

「嗷！」

北斗也咬著「魔力線」幫忙，我們才終於把劍從魔物體內拔出。

與此同時，我扔出自製小刀刺中魔物的眼睛，牠痛得扭動身軀，再度咆哮出聲。

因為北斗退到後面保護艾米莉亞與莉絲，這次沒人幫忙抵消咆哮。我和雷烏斯躲在附近的石頭後面，只有一個人留在原地承受衝擊。

「跟兒子嘗到的痛苦比起來……這點程度算不了什麼！」

咆哮聲停止的瞬間，魔物發現龐大的魔力及殺氣迅速逼近，可惜加布已經使出必殺技。

「接招吧！」

捨棄防禦的必殺技「銀色之牙」命中魔物腹部，比加布大將近十倍的巨軀直接朝後方飛出去。

這一拳把魔物轟到了部落外，魔物卻立刻站起來，沒有太大的效果。

「唔……該死！」

「加布先退下！北斗，拜託了！」

這隻魔物是她父母的仇敵，所以我本來打算讓艾米莉亞參戰，但她仍然在哭著大叫，看來只得作罷。就算想離開戰場，之後再捲土重來，雷烏斯與加布處於亢奮狀態，想要戰術性撤退也有難度。

他們的攻擊不怎麼有效，先用我的魔法試試看好了。

確認北斗在前面牽制牠後，我準備使出強化貫穿力的「反器材射擊」，魔物卻突然轉身逃向森林深處。

「「別想逃！」」

「回來！」

雷烏斯和加布立刻衝出去追，我一邊下令，一邊用「魔力線」綁住他們。

「你、你幹麼！得幹掉那傢伙才行！」

「大哥，放開我！爸爸和媽媽的仇人要逃掉了！」

「給我冷靜點！你們的攻擊對牠一點用都沒有，要怎麼解決牠！」

「「唔!?」」

學校的資料上有提到，武器對那種魔物不太有效，想不到這麼誇張。

被加布的必殺技擊中還若無其事，雷烏斯那把連鐵都斬得斷的大劍也砍到一半就砍不下去，卡在體內拔不出來，由此可見，牠的身體一定有什麼祕密。

再加上認真起來的北斗一加入戰局，牠選擇的是立刻逃跑，看來牠也擁有戰況不利就要撤退的智慧。

總而言之，毫無準備就繼續追擊太危險，應該先冷靜一下。而且現在更該關心那孩子的狀況。

在我思考的期間，被魔力線綁住的兩人也沒那麼激動了，所以我決定向直接跟羅帝亞龍交戰過的他們徵求意見。

「冷靜下來了嗎？」

「……嗯，抱歉。」

「對不起，大哥。」

「別在意。我想問一下你們跟剛才那隻魔物戰鬥過，有什麼感想？」

「這個嘛……我那一拳確實有打中，感覺卻不太對勁。理應貫穿一個點的衝擊……好像往全身上下擴散開來了。」

「手感跟砍其他魔物的時候不一樣。砍到一半會有股超大的力量把劍推回來，簡直像肉是有生命的……對不起，我不知道該怎麼說。」

「沒關係……我大概明白。」

綜合他們倆的意見，羅帝亞龍恐怕不僅能讓外部衝擊擴散到全身，還能用柔軟的肉包裹住砍進體內的刀刃，將它推出去。

也就是說打擊系──尤其是加布的攻擊效果極差。難怪實力與加布同等級的雷烏斯的父親會敗在牠手下。

雷烏斯的劍也只能傷及表面，劍刃砍進體內後會砍不下去，簡直像有生命的橡膠。

對付這類型的魔物，也許用長槍那種前端銳利的武器一口氣刺穿最適合。

我的「反器材射擊」應該會有效，但那隻魔物不能由我打倒。

被牠奪走家人的雷烏斯與加布——不對，為了克服心靈創傷，艾米莉亞是最需要戰鬥的，可是她現在這樣……

「天狼星前輩，麻煩你……」

「嗯……艾米莉亞，沒事吧？」

「啊、啊啊……」

艾米莉亞臉色蒼白，整個人癱坐在地上，抓著身旁的莉絲一動也不動。

我蹲下來看她，艾米莉亞也回望我，神情恐懼，淚流不止。

「媽媽……爸爸……不要……不要離開我……」

接著，她彷彿恢復成了小孩，用力撲到我懷裡。

之前她一直在忍耐不要依賴我，如今遇見父母的仇敵，心靈承受不住了。

我之前就想過艾米莉亞回到故鄉可能會精神失控，不過這麼快就遭遇那隻魔物，真是出乎意料。

如果那隻魔物已經死掉，或是遷移到其他地方就算了，牠還在的話，我本來想偷偷削弱牠的力量，讓艾米莉亞給牠最後一擊，可是羅帝亞龍那麼強，執行起來有難度。

「天狼星少爺……天狼星少爺……」

艾米莉亞有能力判斷面前的人是我，可惜以她這個狀態，完全無法戰鬥。

艾米莉亞……妳不是講過好幾次妳要變強，在一旁協助我嗎？

既然如此，現在可不是妳號啕大哭的時候，身為我的徒弟，無論有多痛苦，我都希望妳克服過去的傷痛。

面對足以左右艾米莉亞將來的抉擇，我默默做好覺悟。

由於魔物逃走了，可以暫時喘一口氣，我便將目前所知的情報告訴所有人。

首先，那隻魔物——羅帝亞龍屬於龍種，卻不會飛，好像是非常凶暴危險的魔物。

牠們習慣單獨行動，不會群居，數量基本上也不多，所以相當罕見。

體型那麼大、那麼引人注目，卻不容易遇見，是因為羅帝亞龍據說是一年只活動數日的魔物。

在人類不會靠近的深山等地方挖洞睡在裡面，一醒過來就會因強烈的飢餓感凶暴化，看到魔物或人就吃。

過了幾天吃飽後，再度陷入沉睡。

「羅帝亞龍醒來的期間會一直吃，有些地方還稱呼牠為『會行走的災害』。」

「該死，那種魔物為什麼會來我們的部落……」

「不知道，我手中的情報就這些。至於牠最棘手的部分，實際跟牠交手過的你們應該最清楚。」

「我不擅長說明，總之超難纏的。」

「嗯，我深有同感。比起這個……該幫我們鬆綁了吧？」

離羅帝亞龍來襲已經過了一小時左右，這對祖孫卻還被「魔力線」綁著。

這副模樣有點難堪，但他們剛才遇見仇敵，被怒氣沖昏頭，放著不管絕對會追上去，我也是迫於無奈才出此下策。他們當然有試著掙脫，無奈我用堅固的魔力線綁了好幾圈，不可能扯得斷。

如今兩人終於恢復鎮定，我看著他們確認。

「現在就幫你們鬆綁，不准擅自追過去喔？」

「嗯！我沒那麼激動了，大哥放心。」

「……我知道。」

那麼大隻的魔物，以他們的實力也有辦法與其正面交鋒，不過攻擊不管用就另當別論了。我再次叮嚀他們後才解開魔力線，為了以防萬一，還叫北斗在後面待命。

等到大家都靜下心來，我們召開作戰會議。

至於艾米莉亞，由於她哭累了，現在睡在附近的毛毯上。莉絲讓她躺在大腿上看著她，我看艾米莉亞就交給她照顧吧。

「那麼……那隻羅帝亞龍就是你們的仇敵……要怎麼跟牠打呢？是說你們剛剛想都沒想就直接追過去，有勝算嗎？」

「不清楚。可是只要一直揍同一個地方，遲早殺得死吧。」

「劍又不是完全砍不下去。只要別往體內攻擊，不停削掉牠的肉不就行了嗎？」

「加布太莽撞，雷烏斯的計畫缺乏明確性。」

「那要怎麼辦！那傢伙……必須由我跟爺爺打倒！」

「不要只考慮到你們兩個。我們也在吧？」

聽見這段對話的莉絲像在說「交給我吧」般握緊拳頭。

莉絲的個性不適合戰鬥，這次卻因為跟兩姊弟有關係，顯得異常積極。在與那隻魔物的對決中，她的精靈魔法想必會派上很大的用場。

「北斗也在，我也可以從遠處支援。這樣一來……」

「對不起，大哥。我希望你們不要幫忙。」

「我也拜託你，至少讓我親手為兒子報仇。」

「可、可是……只要有天狼星前輩和北斗……」

「藉助大哥跟北斗先生的力量才報得了仇，未免太遜了。」

我本來就不打算直接出手，便點頭答應。雖然是個有勇無謀的做法，我可以理解他們不希望銀狼族的自尊被人踐踏。

莉絲覺得這樣太危險，一直說要幫忙，最後屈服在兩人的決心下，嘆了口氣。

「好吧……我知道了！可是，受傷的話一定要馬上來找我！小傷口也一樣！」

「喔、喔！」

「以我們的體力，受點小傷——」

「馬上來找我！」

「爺爺，快答應！莉絲姊生氣很可怕喔！」

「嗯、嗯……」

不能怪雷烏斯這麼著急。

俗話說，平常溫和無害的人生氣會很可怕，莉絲又會用水精靈魔法，懲罰手段相當激烈。

雷烏斯以前惹莉絲生氣過，結果被她困在水球裡，大吃苦頭。

而且只要莉絲認真起來，連在山裡都能製造出海嘯。精靈魔法就是這麼厲害，雖然她從來沒氣到那個地步。

北斗聽我們說話就能理解狀況，應該用不著跟牠解釋。剛才那場戰鬥，牠也是直到我下達命令前都守在艾米莉亞跟莉絲前面。

「不過記好，我判斷情勢危急的時候就會插手。問題在於……艾米莉亞。」
「大哥，姊姊沒辦法吧。」
「嗯。雖然我不太想這麼說，她那樣太勉強了。」
「做決定的不是你們，是艾米莉亞自己。所以應該等她醒來再——」
我正想說「等她醒來再問問看她的意見」，雷烏斯和加布眼神瞬間變得銳利無比，似乎不存在「等待」這個選項。他們目前還處於冷靜狀態，可是放著不管的話，很有可能一忍不住就殺過去。
我不希望只有他們兩個對付羅帝亞龍，陷入掙扎，雷烏斯指著一棟形狀較為完好的房子。
「不然讓姊姊在那邊休息，我跟爺爺去吧。」
「嗯。我不想再看到那孩子哭得這麼厲害。把她留在這裡才是正確的。」
「天狼星前輩也一起留下來如何？醒來的時候你就在身旁，艾米莉亞也會比較放心。」
確實也是一個方法。
儘管不能看著他們令人有點擔憂，只要有北斗跟莉絲在，就算發生意外也有辦法解決。
不過……我還是想讓艾米莉亞自己選擇。

因為我希望她自己決定面對魔物，親手打倒牠，跨越過去的傷痛。
艾米莉亞卻沒有醒過來的跡象。
經過一番猶豫，我的決定是……

◇◆◇◆◇◆

我們離開部落，走在因為倒下來的樹木而崎嶇不平的道路上。
「天狼星前輩，小心腳邊喔。」
「大哥，要不要換我來？」
「嗷！」
「我沒問題。你們好好保存體力。」
結果，我沒有把艾米莉亞留下，而是背著她一起來。
由於這條路並不好走，我走得有點慢，但巨大魔物逃走時把樹都撞倒了，不可能跟丟。
走到樹木稀疏的石頭路上後，我不只是跟著足跡或血跡走，途中還用了好幾次「探查」確認詳細位置。
「魔物的反應……在那座山中央。可能是山腳有洞窟，或是牠挖了洞當巢穴。」

「你連這都知道？」

「因為是大哥嘛！」

「這理由我聽不懂……真的是剛才那傢伙？那種魔物未必只有一隻喔。」

「我扔的小刀不是刺傷了牠的眼睛嗎？我是追蹤這個反應判斷的，不會有錯，而且附近沒有比那隻魔物更強的氣息，肯定是那傢伙。」

我剛才扔出的小刀，是艾琉席恩的鍛造師格蘭多打造的。

我特別請他為我訂製成最順手的形狀，每把刀子裡都埋著小小顆的魔石，因此數量不多，不過只要搜索魔石的魔力就能輕易回收。

我們朝那個反應不斷前進，這時莉絲左顧右盼，納悶地咕噥道：

「對了，我們都沒遇到魔物耶。」

「大概是被剛才那隻魔物嚇跑或吃掉了。難怪牠被叫作災害。」

據我推測，來到這邊的路上沒什麼魔物，就是羅帝亞龍幹的好事。果然是會行走的災害。

「災害嗎……我的拳頭不管用，真讓人頭痛。菲利歐斯也很不甘心吧。」

「我也是。都用盡全力了竟然還砍不動，真的很難堪。」

除了相性太差外，雷烏斯連武器都不適合對付牠。

他的大劍是為剛破一刀流訂製的，劍刃特別大，與敵人的接觸面積廣，因此容易被體內的肉包覆住。如果不是大劍，而是專門用來切斷東西的武器……例如我上輩子的刀，說不定就傷得了牠。

講點題外話，我猜萊奧爾八成可以直接砍下去。原因除了精湛的技術外，以他的力量，就算劍在途中卡住，也可以靠蠻力硬砍吧。那個爺爺次元不太一樣，最好把他當特例。

「果然該瞄準頭部嗎？但牠動作那麼快，我看有難度。」

「我改成用刺的怎麼樣？可是萬一刺到一半被卡住，這次搞不好就拔不出來了……」

雷烏斯與加布在商量戰略，好像想不出什麼好主意。

雖然他們叫我不要插手，給點建議總可以吧。

「我問一下，加布除了那個必殺技外，還會其他招式嗎？」

「……我只會用揍的或用踢的。」

「那你負責封住牠的行動比較好。攻擊交給雷烏斯。」

無法造成傷害，至少可以阻礙敵人的攻擊。吸引魔物的注意力製造破綻，讓雷烏斯能專心進攻——這個戰術應該是最適合的。

「雷烏斯先攻擊牠的尾巴前端或手看看，別去砍肉多的腹部和脖子附近。如果是比較細的部位，就能在肉包住劍前砍斷了吧。」

「原來如此。可是用這方法的話，感覺得花不少時間才能打倒那傢伙。」

「沒辦法，畢竟只有你們兩個。雖然羅帝亞龍長得那副德行，你就想成是在慢慢折磨牠，讓牠後悔對部落下手囉。」

「……好吧。無法親手幹掉牠固然可惜，這樣也夠了。」

「爺爺，儘管交給我。我絕對會砍了那傢伙。」

「嗯，上吧。」

或許是多虧累積至今的並肩作戰經驗，雷烏斯與加布感情已經好到會相視而笑。本來艾米莉亞也該加入其中，可惜她還在我背上睡。

祖孫二人走在前面討論怎麼合作，為了避免被他們聽見，我附在莉絲耳邊說：

「覺得危險就立刻介入。麻煩妳從外圍和遠距離支援。」

「嗯，知道了。是說，你真的要帶艾米莉亞一起去？」

「對啊。就算沒辦法戰鬥，親眼看到雙親的仇敵被打倒，說不定會有什麼改變。」

話是這麼說，其實這並非我樂見的結局。

艾米莉亞自己站起來對付魔物是最好的。即使敵不過牠，面對敵人應該也會令她有所成長。

「這次換我幫助她了呢。無論發生什麼事，我都站在妳這一邊，加油喔……艾米莉亞。」

莉絲露出如母親一般的慈祥笑容，輕輕撫摸艾米莉亞的頭。

我們跟著小刀的反應來到山腳，發現一個連羅帝亞龍都進得去的大洞窟。延伸到洞裡的血跡與足跡還很新，肯定是逃到這裡了。

我站在洞口觀察裡面，從牆壁和洞頂的痕跡判斷，是個久經風霜的洞窟。裡面還有一條大河經過，洞窟特有的冰涼空氣令人神清氣爽，乾淨到不像那隻魔物的棲地。

「附近有河，所以水精靈很有精神。在這裡我應該能充分發揮力量。」

「嗯……這洞窟看起來很久以前就存在，不過地盤滿牢固的。這樣就算戰況比較激烈，也可以不用擔心洞窟崩塌。」

儘管如此，我還是叮嚀他們盡量別衝擊到牆壁，在洞窟裡前行。

走到底，抵達的是一處開闊的廣場。

大到容得下一座小城，洞頂開出一個大洞，可以從那裡看見天空。陽光照進大廳中央，使眼前的景色顯得有點夢幻。

可能是某座遺跡，但我們並不是遺跡迷，所以並未多加逗留。

途中沒有岔路，這裡應該就是洞窟底端了，代表魔物完全無路可逃。

我們在廣場深處的石頭上發現羅帝亞龍，牠背對這邊，專心吃著東西。大概是在路上抓來的魔物，站在這裡都聽得見肉與骨頭被咬碎的可怕聲音。

「終於找到了！」

「那些肉就是你的最後一餐。這次輪到你被獵殺了！」

祖孫倆幹勁十足，緩步走向魔物。

走到廣場中心時，魔物也發現我們，停下嘴巴，轉過頭將鮮血淋漓的臉對著這邊。

我觀察了一下牠的身體，發現雷烏斯剛才砍的傷已經完全癒合。

雖不結實卻能分散衝擊的柔軟肉體，加上那個再生速度……真的很棘手。

即使如此，兩人依然毫不畏懼，走向前方。我看著他們，背上的艾米莉亞動了動身體，清醒過來，看來演員都到齊了。

「啊……天狼星……少爺？」

「妳醒啦。感覺如何？」

「是，應該沒事了。而且天狼星少爺的背……非常溫暖……」

艾米莉亞發現我背著她，用臉磨蹭我的後腦勺跟我撒嬌。她好像睡迷糊了，還沒注意到羅帝亞龍的存在。

我們身邊散發出一片祥和的氣氛，前線則準備進入戰鬥。

「我從正面進攻。上吧！」

「嗯！」

雷烏斯與加布按照計畫飛奔而出的瞬間，羅帝亞龍朝洞頂上的大洞咆哮。

「這種小花招一點用都沒有！」

「這次一定要用我的劍砍了你！」

朝四周釋放衝擊波的咆哮，不只撼動整個洞窟，還穿過洞頂傳達到外面。

這種程度不足以讓兩人畏懼……可是我總覺得不太對勁。

剛才的咆哮跟牠在部落的咆哮不同。站在我旁邊的北斗似乎也有同樣的感覺，耳朵抖來抖去，緩緩開始移動。

最大的問題是，這聲咆哮令趴在我背上的艾米莉亞徹底清醒。

「啊……啊啊……不要……」

「艾米莉亞，振作點！不可以從牠身上移開目光！」

意識到仇敵就在面前的瞬間，艾米莉亞發起抖來，把臉埋進我的背，表示自己並不想看。

不過由於這是第二次遇見仇敵，再加上身體跟我貼在一起，她好像比剛才還要冷靜，聽見我的聲音後慢慢抬頭。

「那傢伙不是妳爸媽的仇人嗎？牠是妳最需要面對的對手，絕對不要移開目光！」

「是……是。我要……幫媽媽跟爸爸……報仇。」

她開始喘氣，緩緩鬆開抱住我脖子的雙手，想從我背上下來。

這個時候，在前方作戰的兩人按照事前商量好的行動，卻因為羅帝亞龍比想像中難纏而陷入苦戰。加布製造的破綻讓雷烏斯砍斷牠一根手指，羅帝亞龍卻沒有因此退縮，不停揮動手臂及尾巴。

「可惡！怎麼這麼耐打！」

「退後點，我來吸引牠的注意力！」

「……嗚、嗚嗚……」

每當魔物因兩人的攻擊發出咆哮，都會驅散艾米莉亞努力集中的鬥志。

她不停抓著我的背，就算這樣還是沒有屈服，屢次試圖用自己的雙腳站起來。

然而……

「爺爺!?」

「唔!?這種……程度！」

雖然我們中途休息過，那兩個人從早就在跟魔物戰鬥，再加上看到化為廢墟的部落，精神上也很疲勞。

這導致加布集中力不足，差點被咬到，幸好他用力往旁邊一跳，閃過攻擊。

可是，這一幕似乎讓艾米莉亞想起過去了。

「啊啊……媽媽……爸爸……」

過去的慘狀浮現腦海，艾米莉亞將臉埋進我的背，這次再也沒有抬頭。莉絲拚命鼓勵她……可惜時限已到。

這麼做對你們實在不好意思，但現在沒時間了，我打算給她下一劑猛藥。

「退後一點吧。莉絲也過來。」

「咦!?嗯、嗯……」

我帶著怕雷烏斯他們受傷、始終惴惴不安的莉絲，暫時走回大廳外。

走到完全看不見魔物的地方時，我叫擔心地看著我們的莉絲不要插手，然後硬是將背上的艾米莉亞放下來。

坐在地上哭泣的艾米莉亞立刻想抓住我，我卻推開了她。

「不要……不要拋下我……」

「艾米莉亞，妳真的想克服過去的傷痛嗎？」

「想、想啊……當然想！可是……不管我怎麼努力，怎麼激勵自己……還是好害怕！」

「害怕嗎……妳明明已經擁有足以與牠一戰的力量，還是會怕？」

「我的腳……我的身體……就是動不了！我果然……辦不到。天狼星少爺，請您將那隻魔物……將爸爸和媽媽的仇──」

「不准講這種喪氣話！」

那一天，我第一次對艾米莉亞發火。

這令她大受打擊，我伸出雙手包覆住她的臉，嚴肅地開口：

「聽好，不准妳繼續說下去。我不記得自己曾教出坐以待斃的弟子。」

「啊……嗚……」

「我明白那隻魔物對妳來說有多可怕，但……我不允許妳逃來向我求救。即使我打倒牠、替妳復仇，如果妳在這場戰鬥中什麼都沒做，肯定會後悔一輩子。」

我能體諒她怕得一步都走不動。

但此刻正是她靠自己的雙腳度過難關之時，不能踩著其他人做出的墊腳石。

「無論妳多恐懼，都必須用自己的腳站起來面對牠。我從小鍛鍊妳的身心，就是為了讓妳做得到這件事。」

「可是……我……」

「如果妳還要說自己做不到……」

我冷冷看著艾米莉亞，直截了當地告知。

「就不准再……自稱是我的徒弟。」

「!?」

然後像要拒絕她似的立刻轉身離開，頭也不回。

我一面走在洞窟裡，一面回想起來。

最後看到的艾米莉亞的表情，彷彿世界滅亡般充滿絕望。

然而我剛才的意思並非要拋下她，只是從今以後不再是師徒關係罷了。

她依然是我的隨從，照樣可以待在我身邊。

但不只隨從，艾米莉亞也以身為我的徒弟為榮。這次的關鍵，就是這份驕傲能否勝過對羅帝亞龍的恐懼。

只能祈禱故意不伸出援手，可以讓她打起精神，克服恐懼了。

其實我很想躲起來觀察她的情況……無奈我還有工作要做。

雖說是迫於無奈，對那麼信賴我、那麼努力不懈的弟子見死不救，使我忍不住嘆了口氣，朝外面走去。

途中，有很多事想問我的莉絲追過來，擋在我面前。

莉絲對我投以責備的視線，我帶著自嘲的笑容問她：

「……妳不陪在艾米莉亞身邊嗎？」

「這是我要問的。為什麼要對艾米莉亞說那種話？前輩也知道艾米莉亞有多麼以身為你的徒弟為榮吧？」

「因為我需要給她比恐懼更強烈的打擊。我並沒有拋棄她。」

「我懂，可是難道沒有其他辦法嗎？」

「也許有，不過現在沒時間了。接下來只能相信艾米莉亞心靈足夠堅強。」

「沒時間了？」

「嗷！」

我從面露疑惑的莉絲旁邊走過去，這時北斗從洞口走進來。

牠在祖孫倆與羅帝亞龍開戰前就走向洞口，似乎怕我來不及趕上才提前準備。

我摸摸走到我旁邊的北斗的頭，牠高興得搖起尾巴，莉絲看到卻更加疑惑。

「我能理解你那樣對待艾米莉亞的原因了。不過，為什麼要離開她身邊？還有沒有時間是什麼意思？北斗為什麼也在……」

「這個嘛，妳先靜下心來，聽聽精靈的聲音。」

「嗯、嗯…………咦？」

莉絲大概是太擔心艾米莉亞，疏忽了精靈的聲音。

她聽從我的建議側耳傾聽，透過精靈得知威脅——一大群魔物正在逼近。

「好、好多魔物在朝這個洞窟衝過來!?為什麼？」

「那隻魔物……羅帝亞龍剛才不是朝天空咆哮嗎？那並非用來威嚇或攻擊，而是要把附近的魔物呼喚過來。」

不曉得是將魔物引過來捕食，還是感覺到危險才叫來幫忙的。真沒想到牠有這種能力。

文獻上也沒記載這樣的情報，總之是隻充滿謎團的魔物，但我明白了一件事。

艾米莉亞他們的故鄉之所以突然出現那麼多魔物，元凶正是那隻羅帝亞龍。

加布等人每次前來都遭遇大批魔物，是因為那隻羅帝亞龍偶爾甦醒時，會吸引魔物靠近以便獵食，吃剩的才被他們遇到。

聽見我的推測，莉絲急忙望向洞窟深處。

「要趕快通知大家！」

「算了吧。在裡頭戰鬥的那兩人，光應付羅帝亞龍就已經分身乏術，艾米莉亞會不會恢復也還是未知數。為了避免他們被偷襲，我去對付那群魔物。」

「那、那我也去！」

「我很感謝妳有這份心，不過麻煩妳去照顧艾米莉亞。看她那個狀態不知道會怎麼樣，希望妳待在旁邊陪伴她。況且不必擔心，我不是一個人。」

「嗷！」

坐在附近的北斗叫了一聲，聽起來像在說「交給我吧」，我對莉絲露出笑容，好讓她放心。

「妳看，我還有可靠的夥伴在，放心吧。再說我可是你們的老師喔？怎麼可能被魔物幹掉呢。」

「說得也是。你連更強的對手都贏過。」

「是啊，這一帶的魔物來多少都不成問題。我比較擔心在裡面戰鬥的那兩人。艾米莉亞振作起來的話，麻煩妳們立刻趕去支援。」

魔物群已經來到洞口附近，最好快一點。

我只對她傳達完重要事項，就一邊做伸展動作邊往前走。經過莉絲身旁時，她突然抓住我的袖子，我便回過頭。

「怎麼了？有什麼──」

「天狼星前輩……」

她將臉湊近，在我臉上親了一下。

莉絲很快就離開了，臉紅到前所未有的地步。

「故、故事書裡不是有女神或聖女用吻祝福人的劇情嗎？雖然我不是故事裡的聖女，我對你的心意是不會輸的，應該……會有效吧。所以，那個……」

莉絲整個人手足無措，一副隨時會羞得在地上滾來滾去的模樣，所以明知這麼做很失禮，我還是忍不住笑出來。

「嗚嗚……用不著笑我吧。」

「抱歉。不過，聖女大人的祝福我確實收到了。這樣就絕對不會輸囉。」

「沒、沒那麼有效啦，總之千萬別勉強自己。要是你有個萬一，艾米莉亞跟雷烏斯會難過，我也一樣。」

「嗯，我會以安全為優先考量。妳也小心點。」

「我知道。北斗也小心喔。」

「嗷！」

莉絲在最後抱了北斗一下，跑回去找艾米莉亞。

目送她離開後，我帶北斗來到洞窟外，看見遠方的森林正在劇烈搖晃。

我立刻用「探查」調查那個方向……

「搞得真盛大。虧牠有辦法叫來這麼多魔物。」

在我腦內的雷達中，魔物會以紅點表示……那一區統統染成一片紅色。

大大小小的魔物加起來，隨便數都至少超過數百隻。

還得防止牠們侵入洞窟，八成得耗費不少力氣。然而，我可不能因此撤退。

「那麼，趕快收工回去吧。準備好了嗎？」

「嗷！」

我看了可靠的北斗一眼，將思緒切換成戰鬥模式。

從這裡看過去，魔物還只有米粒般的大小，看得見幾隻在天上飛的。牠們全在我的射程範圍內，先從那些開始清理吧。

我將魔力集中在雙手，掌心對著逐漸逼近的魔物，宣言道：

「休想……越過這裡。」

——艾米莉亞——

『不准再……自稱是我的徒弟。』

天狼星少爺斬釘截鐵地告訴我，轉身離開，我只能茫然看著他的背影逐漸遠去。

少爺當時的眼神冷酷得令人害怕，被他那樣看待帶給我的恐懼感，比遇見那隻魔物時還要嚴重。真不敢相信總是溫柔守護我們、為我們操心的天狼星少爺，竟然會產生那麼大的轉變。

對奪走爸爸媽媽的魔物的憤怒。

與那隻魔物對峙的恐懼。

以及——說不定會被天狼星少爺拋棄的絕望。

各式各樣的感情湧上心頭，不過最令我心痛的……是不甘。

讓最重要的主人天狼星少爺採取那種態度，我真的好不甘心。

天狼星少爺是為了讓我振作起來才故意那麼說，才故意對我那麼冷淡，可是，他並沒有說謊。

少爺不是會隨便說謊的人。假如我真的繼續在這裡坐以待斃，肯定會被逐出師門。

我……絕對不要。

我想繼續當少爺的徒弟。

想讓他教我許多知識，讓他承認我已經能獨當一面，成為能讓他依靠的存在。

因為……這樣一來身為隨從的我，就能幫上天狼星少爺更多忙。

結果我現在竟然因為一隻魔物號啕大哭，窩囊到想去依賴天狼星少爺、遭到拒絕，獨自呆坐在這種地方。

明明覺得自己這麼沒用，這麼不甘心……卻因為太害怕那隻魔物，站都站不起來。

每當看到牠的模樣、聽見牠的咆哮聲，就會回想起爸爸被吃掉的畫面。

接著就輪到在裡面戰鬥的雷烏斯跟爺爺……

「不對……不可能。」

連不可能發生的事都開始浮現腦海。我搖搖頭試圖驅散它們，卻無法停止負面思考。

不知不覺，我把臉埋在兩腿之間，動彈不得。

我果然……

「……艾米莉亞。」

「!?」

熟悉的聲音令我抬起頭。看到站在面前的人是莉絲，我下意識鬆了口氣。朋友出現在面前，帶給我一種自己並沒有被拋棄的安心感。我真沒用。我已經不只是無奈，開始覺得這樣的自己很可悲，莉絲溫柔地對我說：

「天狼星前輩到外面去了。」

「……外面？」

我不認為天狼星少爺會選擇逃跑，一定有什麼原因。

我呆呆聽著莉絲說話，她接下來告訴我的理由，害我差點停止呼吸。

「有一大群魔物在靠近這座洞窟，天狼星前輩為了阻止牠們，跟北斗一起到外面去了。」

「一大群……魔物!?」

這個瞬間……腦中閃過故鄉遭到侵略的情景。

面對以壓倒性數量襲來的魔物，大家一個個遭到攻擊……爸爸也是。

天狼星少爺……要阻止那麼多的魔物？

「為什麼……？」

「在裡面的那隻魔物一叫，好像就會引來其他魔物。天狼星前輩說牠可能是故意逃到這裡，意圖夾擊我們……」

「我不是在問這個！為什麼妳在這裡!?為什麼……沒有跟天狼星少爺一起去！」

「我也很想一起去呀，可是天狼星前輩拜託我照顧妳。」

「啊……」

我因為一時激動，不小心對莉絲怒吼，看到莉絲嚴肅的表情就冷靜下來了。

也是……莉絲雖然不喜歡爭鬥，我並不覺得她會逃避。

「不過，就算他沒有拜託我，我也會回來陪妳。因為……怎麼能放著朋友不管呢。」

「……莉絲。」

「而且我認為天狼星前輩用不著擔心。他非常有自信，一副『我去把牠們清理掉』的態度，北斗也在，他一定會平安回來的。」

「很符合天狼星少爺的個性。」

「呵呵，因為他是我們的師父嘛。所以呀，艾米莉亞。妳真的打算繼續坐在這裡？」

「怎麼……可能。」

不只雷烏斯和爺爺。

連跟我們的家族之仇無關的天狼星少爺都挺身而戰，我還杵在這邊做什麼？

魔物……很可怕。

可是……

「跟魔物比起來……被天狼星少爺拋棄更……」

這樣下去，他說不定又會用臨走前的那種眼神看我。

對我來說，這件事更加可怕。

比區區的魔物更加……更加……可怕……

「莉絲。」

「……怎麼了？」

「請妳……打我一下。」

「嗯，我會用全力喔。」

「麻煩妳了。」

我想要一個契機。莉絲點頭答應我的要求，毫不客氣往我臉頰搧下去。

「好像有點太用力。還好嗎？」

「沒事，我清醒過來了。」

臉頰又麻又痛，我剛才那麼窩囊，這是應得的懲罰。

我在心中感謝回應我的決心而沒有手下留情的莉絲，深深吐出一口氣，身體施力。

沒問題……這次我一定站得起來。

像天狼星少爺教我們用魔法的時候一樣，強烈地想像。

跟被用那種眼神看待比起來……

「魔物……一點都不可怕！」

動不了是因為心靈向恐懼屈服了。

所以我藉由讓身體知道有比那更可怕的事情，將對魔物的恐懼抹消，終於站起身來。

我立刻確認對魔力的靈敏度有無異常，讓手掌一開一合，身體成功按照自己的意志動作。

儘管還沒恢復成平常狀態……這樣就能戰鬥了！

「已經沒事了？」

「嗯！都是託莉絲的福。」

「別客氣。我還在艾琉席恩的時候，就受到妳很多幫助。」

「那我們就……互不相欠囉。我之後再答謝妳，趕快過去吧。」

「去哪？」

「當然是雷烏斯和爺爺那邊。請妳也來幫忙。」

「嗯！但是，我真的可以幫忙嗎？」

莉絲不曉得在顧慮什麼，我問了才知道，雷烏斯跟爺爺希望他們盡量不要插手。

這個仇確實該由我們銀狼族自己報，不過……

「妳是我們的家人，沒問題的。換成天狼星少爺，他大概也會這麼想，因為想要確實打倒那隻魔物，需要妳的力量。」

「……說得也是。我也不想只在旁邊看。」

我們點點頭，一起衝向洞窟深處。在那之前，我回頭看了洞口一眼。

此刻，天狼星少爺應該正在外面戰鬥吧。

雖然從這裡看不見他，北斗先生也在，而且如莉絲所說，天狼星少爺感覺就會平安無事殲滅那群魔物。

所以……不會有問題的。

我們的戰鬥結束時，少爺肯定會臉不紅氣不喘地回來。

為了用笑容迎接主人，我要做的只有使出全力對付眼前的敵人。

「莉絲，我想擬定戰術，可以告訴我在我睡著的時候發生了什麼事嗎？」

「噢，魔物的情報對不對？聽天狼星前輩說——」

天狼星少爺……請您一定要平安。

我絕對會打倒牠，克服過去的傷痛給您看。

《克服傷痛之時》

—— 天狼星 ——

「距離……風……確認完畢。『狙擊』……發射。」

我用肉眼計算跟空中的魔物之間的距離，發動遠距離狙擊魔法「狙擊」，魔力彈貫穿魔物的頭部，將牠擊落。

我盯上下一隻魔物，裡面卻有幾隻動作靈活的，不好瞄準。狙擊的時候要時時刻刻維持冷靜……因此我靜下心來，預測牠們的動作，將魔物一隻隻擊落。

我默默重複這個工作，確認空中的魔物消失殆盡後，吁出一口氣。

「全殲所費時間……約一分鐘嗎。有點退步了啊。」

這也是理所當然，畢竟我在這個世界的狙擊機會比上輩子少。

將約五十隻的魔物擊落時，開始可以從林木間看見在地上奔跑的魔物。

常見的哥布林、用雙腳步行的蜥蜴型魔物蜥蜴人等等，種類五花八門，還包括在來到這裡的路程中遇過的魔物，相當熱鬧。

雖然沒有羅帝亞龍那麼大，其中也參雜幾隻大型魔物，全部處於興奮狀態，直線朝這裡衝過來。簡直跟狂戰士一樣——說不定這也是羅帝亞龍的咆哮造成的影響。

證據就是北斗用吼聲威嚇，卻沒有半隻魔物停下。如果牠們嚇得調頭，我本來打算就此放過，牠們不逃的話我也沒辦法。

北斗停止吼叫，靜靜等候我的指示，可惜現在還不到牠出場的時候。

「好了……接著從小隻的開始打掃吧。」

我在腦中想像能高速連射子彈的槍……格林機槍。

上輩子我也用過，據說它一分鐘可以射出數千發子彈。我強烈地想像格林機槍的構造。

以壓制性兵器來說，格林機槍是很優秀沒錯，不過由於重量太重，本來是要放在戰鬥直升機或交通工具上用的武器。

可是用魔法的話本體就不存在，還可以做到一手各用一把的高難度技術。

我集中魔力，兩手朝向前方，像扣下扳機似的發動魔法。

「『格林機槍』……掃射！」

魔法發動的瞬間，魔力彈不斷從兩手手掌發射出來，無數子彈接連射穿前方的魔物。我接著微微移動雙手，朝那一整群魔物廣範圍掃射。

用魔法開槍幾乎不會有聲音，只有子彈劃過空氣的聲音於四周迴盪。假如我用的是真槍，想必會發出震耳欲聾的槍聲，腳邊還掉著無數彈殼。

子彈的威力及命中力都降到最低等級，因此對皮厚的魔物沒什麼用，但遇上哥布林這種防禦力低的魔物就很有效。

發射完近數千發的子彈時，小型魔物差不多都處理乾淨了。

就算是壓低魔力消耗量的子彈，發射這麼多發我的魔力也快要見底，於是我暫時中斷攻擊，補充魔力。

然而，魔物還剩下一大群，其他魔物在我休息的期間踩過屍體，迅速逼近，不過無須著急。

「北斗！」

「嗷！」

北斗隨著我一聲令下奔向前方，幫忙擊退魔物。

只要幾步就能提升到最大速度的北斗，輕鬆撞飛有如一整面肉牆的魔物，這一撞產生的衝擊波還足以震碎四周的魔物。

我趁北斗幫忙爭取時間之餘補充完魔力，再度發射「格林機槍」殲滅魔物。

如此反覆之下，魔物逐漸減少，最後只剩「格林機槍」射不穿的魔物，所以我切換成平常慣用的「麥格農」將其射殺。

北斗則正在對付晚了一步才現身、人稱「賽克洛斯」的獨眼巨人。

賽克洛斯體型是我的好幾倍，力量大到可以輕鬆把大樹折斷。還擁有可以把鋼劍彈開的強韌外皮，據說連上級冒險者都會陷入苦戰，北斗卻一點都不害怕，直接突擊。

牠以比賽克洛斯的拳頭更快的速度跑到牠前面，揮下爪子，在側腹抓出一道大傷。可惜賽克洛斯體型太過龐大，爪子無法刺進深處，看牠還若無其事地站著，似乎根本沒對牠造成重創。

不過，北斗的攻擊尚未結束。

牠拿面前的樹當踏臺跳回來，從背後再次發動攻擊。巨人還來不及回頭，北斗就咬中牠的脖子，不只撕裂牠的肉，甚至發出骨頭碎裂的聲音。

脖子被咬斷的賽克洛斯直接喪命，牠還沒倒在地上，北斗已經朝下一隻魔物衝出去。

牠沒有停留在固定的地方，而是在戰場上奔馳，以爪子撕裂狼型魔物，用尾巴一擊打飛從背後接近的蜥蜴人，殲滅敵人。

體型大或速度快的魔物由北斗解決，我則負責中型及接近洞窟的魔物，一面對北斗下令。

「集中處理右側！」

「嗷！」

我派北斗前往魔物密度高的地方，然後用「麥格農」壓制其他方向的魔物，一步步減少牠們的數量。

途中有幾隻跳躍力強大的兔型魔物跳過來，我迅速擊落牠們，一隻巨大猿型魔物卻趁機撲向我。

魔物發出奇怪的叫聲甩出手臂，我於腦中切換右手的武器，豎起食指與中指指向魔物，發射「霰彈槍」。

魔力霰彈在近距離命中魔物，直接轟爛牠的上半身，只剩下半身保有原形。

我將右手切換回「麥格農」的時候，有魔物往我這邊扔石斧和木槍之類的武器，我立刻用「衝擊」擊落牠們。

「在左邊！攻擊射手！」

扔出這些遠距離武器的，是用兩隻腳走路的豬型魔物……歐克。

歐克與哥布林不同，多少有點智慧，是會使用簡單武器的中型魔物。

但我卻輕而易舉防禦牠們的攻擊，令那群歐克驚慌失措，一副不敢相信的模樣。這時北斗迅速殺出來，一口氣清掉用遠距離武器的歐克。

雖然我們維持住了防線，只憑一人一狼的話，守備一定會產生漏洞，也有魔物會趁隙接近。

等我注意到時，有一群魔物已經從側面襲來，我便發動事先設置好的陷阱。

「那裡禁止通行。」

我透過連接在陷阱上的「魔力線」引爆「衝擊」，經過壓縮的衝擊解放開來，將魔物炸得遠遠的。

我在各個地方設置了類似地雷的陷阱，勉強有辦法對付牠們，附近的地面卻被炸得坑坑洞洞。

「是不是有點做得太過火？算了，坑洞也能幫忙絆住敵人……」

既然這招成功削減了魔物數量，就睜一隻眼閉一隻眼吧。

其中也有撐過地雷攻勢的魔物，我會立刻用「麥格農」追擊，因此目前還沒有魔物成功突破防線。

這時北斗叫了聲引起我的注意，我望向那邊，看見體型跟馬一樣大、外型接近野豬的魔物正直衝而來。

總共有兩隻，一隻被從後面追上牠們的北斗用前腳解決掉，剩下一隻牠來不及處理，已經快要來到我面前。

我反射性射出「麥格農」，魔力彈卻從牠頭部彈開，無法阻止牠前進。

「好硬……不對，是滑掉了嗎？」

魔物的頭部不只用一層堅硬外皮覆蓋住，整體上的線條也有弧度，導致子彈直接彈開。

要跟牠正面作戰有點難度，因此我用力跳向上方，閃開魔物的撞擊，一面用「霰彈槍」朝正下方連射。

牠背部的皮膚似乎不怎麼硬，霰彈與衝擊將豬型魔物的背轟成蜂窩，一半的身體陷進地面，一命嗚呼。

我在空中調整姿勢，準備降落，由於北斗跑了過來，我乾脆順勢騎到牠背上。

「時機抓得真準。那麼，現在開始就一起行動吧！」

「嗷！」

北斗用叫聲表示肯定，載著我衝向附近的魔物。

牠正面襲向聚集成群的魔物，用爪子或牙齒殲滅敵人，我則騎著牠用「麥格農」和「霰彈槍」解決經過身旁的魔物。

上前戰鬥的話，洞口附近的守備會變薄弱，但以北斗的速度瞬間就能趕回去，因此不成問題。

我和北斗一起在戰場上來回奔波，反覆打帶跑，一種神祕的感覺油然而生。

「……我知道現在是緊急情況，不過——」

「嗷嗚……」

「跟你並肩作戰真愉快。」

「嗷！」

雖然我們現在的身體跟上輩子差很多，我跟北斗默契十足的合作帶來的協調感，令人十分舒暢。

激烈的動作常常害我差點從北斗背上飛出去，我都故意不站穩，乖乖飛向空中。因為北斗會先繞到我飛出去的方向，讓我騎回牠背上。儘管每次飛出去都要忙著調整姿勢，能做到這種事也是多虧北斗異常靈敏的反應吧。

不停在空中飛來飛去，卻從來沒有著地過的我；以及迅捷如風，在地上奔馳的北斗，在旁人眼中看來想必是非常不可思議的畫面。

當然，這段期間我的魔法從未停過，北斗也接二連三打倒敵人，魔物數量持續減少。

三隻賽克洛斯排成一排逼近，我瞄準牠們的弱點——眼睛，使出在命中瞬間會釋放衝擊波的「射擊」射爆頭部，接著就只剩下幾隻大型魔物。

剩下的是一隻體型特別大的賽克洛斯，以及三隻疑似負責率領這一群魔物的狼型魔物。

目前已經不需要防守洞口，於是我從北斗背上下來，與魔物對峙。

「好了，剩下這幾隻……」

「嗷！」

「嗯，那邊交給你囉。」

北斗用叫聲回應，跑向另一邊，三隻狼型魔物便跟著牠跑，被引到遠離賽克洛斯的地方。

賽克洛斯也準備去追北斗，我用「麥格農」射中牠的腹部，目標就轉移到我身上了。

本想趁牠面向這邊時用「麥格農」攻擊牠的臉，這隻賽克洛斯卻比其他魔物還要聰明，接近時竟然用單手護住頭部。

「嗯……雖然不是射不中，偶爾也練習對付大型敵人好了。」

只要我想，可以利用跳彈攻擊牠的弱點，也能用「反器材射擊」把整隻手臂轟爛，但我決定故意跟牠展開近身戰，衝向賽克洛斯。

賽克羅斯用另一隻手攻擊我，我跳開迴避，同時拿那隻手當樓梯跑到牠身上。

牠急忙試圖把我拍下身體，可惜伸長的手臂反而成了踏臺，助我一口氣殺到頭部，用迪給我的劍用力刺向眼睛。

可惜我是經過眼睛旁時匆匆一刺，好像有點刺太淺。

賽克羅斯痛得開始亂揮雙臂，我故意進入牠的攻擊範圍內，一面閃躲攻擊，朝刺在眼睛內的劍高高抬起腳。

「這樣就……結束了！」

我用腳後跟往劍柄踢下去，劍刃便深深刺進眼睛。賽克洛斯好像就這樣死了，全身失去力氣，發出巨響倒在地上。

「嗷嗚嗚嗚嗚——！」

一陣狼號於同一時間傳來，我回頭望向聲音來源，看見收拾完三隻狼型魔物的北斗正在發出勝利的吼聲。

百狼的力量果然就是不一樣，同時對付三隻敵人，依然是北斗獲得壓倒性的勝利。

若那些魔物是正常狀態，八成早就落荒而逃……那隻叫羅帝亞龍的魔物真的很麻煩。

我使用「探查」調查羅帝亞龍的狀況，結果發現……

「……是嗎？看來妳順利站起來了。」

戰鬥仍在持續，羅帝亞龍依然健在，不過我還偵測到艾米莉亞在戰鬥的反應。雖然現在放心有點太早，艾米莉亞振作起來，使我臉上自然而然浮現笑容。我摸摸走回來的北斗的頭誇獎牠。

「辛苦了，託你的福才能平安結束這場戰鬥。」

「嗷！」

北斗被我摸著摸著，心情似乎變好了，搖著尾巴想用臉蹭我胸口……不過牠發現自己嘴邊都是魔物的血，因此作罷。

「幹麼顧慮這麼多？你不過來就由我過去囉？」

「……嗷嗚。」

我抱住北斗的頭仔細地撫摸。血跡之後再擦掉即可，該誇獎人的時候就是要好好誇獎。

其實我很想幫牠刷毛，不過該做的事還沒做完，刷毛就晚點再說吧。

「回去吧。得親眼見證艾米莉亞成長過後的模樣才行。」

「嗷！」

我們在附近的河川稍微清洗一下，離開彷彿經歷過一場大戰的洞窟前，回到洞窟內部。

——艾米莉亞——

我跟莉絲回到羅帝亞龍所在的廣場時，雷烏斯和爺爺正陷入苦戰。

「爺爺！那邊！」

「唔!?」

他們平安無事，身體卻到處是傷，再加上疲憊的關係，動作變得有點遲緩。

我跟莉絲互看一眼，點點頭，同時使用魔法。

「雷烏斯！爺爺！『風衝擊』。」

「我也來！『水柱』。」

我射出的風衝擊彈命中羅帝亞龍的下巴，莉絲的魔法則在牠腳邊噴出巨大水柱，使牠摔在地上。

「莉絲姊！還有……姊姊!?」

「……妳來了嗎？」

兩人跑向我們，看到我也在，吃了一驚。我默默點頭，面向魔物踏出一步。

說實話……我還會害怕。一鬆懈下來手腳就會發抖，所以我現在是努力繃緊身體，抑制住顫抖的狀態。

不過，如今的我知道有比這更可怕的事情……可以戰鬥。

「對不起，讓大家為我操心。我沒事了。我也要……跟你們並肩作戰。」

「可是妳……」

「姊姊，妳行的吧？」

「那當然！因為……我可是天狼星少爺的徒弟。」

莉絲幫雷烏斯和爺爺療傷的期間，我一面觀察羅帝亞龍，一面制定作戰計畫。

手指和尾巴前端斷掉了，推測是雷烏斯砍的，但牠的動作沒有因此受到影響，可見並未對牠造成多大的傷害。

而且我們的魔法好像一點用都沒有，如莉絲所說，牠挺耐衝擊的。

治療完兩人後，我們戒備著羅帝亞龍，聚在一起討論。

「嗯……這樣就行了。所以，之後要怎麼辦？」

「這個嘛……應該還是雷烏斯的劍最有效，不過在那之前，先試試我跟莉絲的魔法吧。」

「莉絲姊也要參戰嗎!?」

「幫我們治傷就夠了。」

「你們在不甘願什麼？莉絲是我們的夥伴，我們的家人喔？怎麼可能不讓她加入。」

我能理解他們想親手為家人報仇的心情，但我不想糟蹋莉絲的好意，而且想要確實解決掉羅帝亞龍，她的力量不可或缺。

現在得先集合眾人之力打倒那隻魔物。這是優先事項。

「……知道了，姊姊。莉絲姊，妳願意跟我們一起戰鬥嗎？」

「我一開始就這麼打算。支援和治療就交給我吧！」

「爺爺，你不介意吧？」

「……隨便你們。」

爺爺雖然有點鬧脾氣，最後還是答應了。

他立刻站到我們前面，舉起拳頭，看來是想負責最危險的誘敵工作。

雷烏斯也跟著上前，兩人分別從兩側衝向魔物，魔物氣得大聲咆哮。

聽見咆哮聲的瞬間……我又開始喘不過氣，過去的情景浮現腦海……

「……休想！」

我絕對不會再讓你得逞。

要用我的力量……阻止你！

我拍了下臉頰驅散恐懼，邁出一步，集中魔力發動魔法。

「先吃我這招！『風斬』。」

無數的風刃襲向羅帝亞龍，卻只在外皮割出淺淺的傷口，不怎麼管用。

羅帝亞龍因此受到刺激，朝我衝過來，從旁現身的雷烏斯用劍往牠身上敲下去，阻止了牠。

「那麼……接著換這招！」

我接著使出同樣的魔法，這次卻是重質不重量的風刃，所以只射得出一道。比剛才更加銳利的風刃，在羅帝亞龍身上切開巨大的傷口。看起來挺深的，但還是不夠。

用魔法雖然可以不用擔心武器拔不出來，效率實在太差了，打倒牠之前我可能會先耗盡魔力。

「有種來我這！不准靠近那孩子！」

羅帝亞龍再次鎖定我，爺爺賞了牠的下巴一拳，幫我引開牠的注意力，我便接著使用「風霰彈」。可惜只在牠身上開了幾個小洞，沒有效果。

沒有天狼星少爺的幫助，果然不行嗎……不對，不能輕易放棄。唯有這隻魔物不能藉助天狼星少爺的力量打倒。

「可惡！姊姊，快躲開！」

「別擔心。水還可以這樣用！『水盾』。」

莉絲在氣得猛衝而來的羅帝亞龍前面，召喚出數道水之壁。

水之壁並不厚，以魔物的力量撞上去，應該一下就會被撞破，不過羅帝亞龍每撞上一次牆壁，速度都會減弱，撞破最後的牆壁時已經變得與走路無異。

「再飛去那邊一趟吧！『水柱』。」

莉絲抓準這個時機，召喚出強力水柱將羅帝亞龍噴到牆邊。

如她之前所說，水精靈很有精神，精靈魔法的威力好像比平常高出兩倍以上。

託大家的福，我試了好幾種攻擊手段，似乎還是跟天狼星少爺一樣的魔法——著重於貫穿力的魔法最有效。

莉絲剛才跟我說了天狼星少爺提供的情報，羅帝亞龍體內存在類似核心的部位，只要破壞掉核，很可能就能打倒牠。這好像是少爺用「魔力線」連接上刺在魔物眼中的小刀，透過它發動「掃描」調查到的。

核位在羅帝亞龍的身體中心……肉最厚的部分。

也就是說，只要攻擊有辦法貫穿到中心即可，無奈我們並沒有天狼星少爺那種貫穿力高的攻擊方式。

本來想過可以用雷烏斯的劍刺刺看，可是劍刃不一定碰得到核心，萬一刺到一半被肉卡住，我們將失去最大的攻擊力。

爺爺的攻擊好像也不管用，可謂走投無路……

「妳看，魔物在戒備這邊，不敢靠近。趁現在攻——」

「…………」

「艾米莉亞？」

這種時候……天狼星少爺會怎麼做呢？

換成隨時考慮到最壞的局面，備好各種解決方案的天狼星少爺，應該也會準備不能用魔法時的對策。

而我是天狼星少爺的徒弟，從那場命運般的邂逅後，一直待在他身旁。

雖然我論魔法比不過莉絲，論力量比不過雷烏斯，只要是與天狼星少爺有關的事，我不會輸給任何人。

觀察少爺的時間比誰都還要久的我……應該至少能將少爺一小部分的實力模仿出來才對。

所以……快點思考。

冷靜、仔細地思考，該怎麼靠我們擁有的武器及能力，突破魔物的防禦……

「姊姊，振作點！」

「妳果然還……」

「不，我沒事。雷烏斯，你剩多少體力？」

「咦？我還能繼續打啊。」

「爺爺，你的體力還夠使出那招必殺技對不對？我想請問那招必殺技的準確度如何？一定打得中目標嗎？」

「體力是沒問題，不過妳問這幹麼？妳也知道我的招式沒什麼效吧。」

「沒關係，請你快點告訴我！」

「……這招我一直在反覆練習，就算目標是跟指尖一樣小的石頭，我也有自信打得中。」

我向為我擔心的兩人蒐集情報，思考如何取得勝利。

接著我想到某個策略，將內容傳達給所有人。

這一擊必須集眾人之力才能使出，失敗的話可能會失去最大的攻擊手段。不過聽見我的計畫，大家都默默點頭答應。

「繼續跟牠纏鬥，最後也只會被反過來壓制住。既然這樣，乾脆把剩下的力氣全賭在下一擊上！」

「交給我吧。我的拳頭絕對會打中牠。」

「這次的魔法規模比較大，要做好變成落湯雞的心理準備唷。那，艾米莉亞……」

「是！麻煩大家了！」

在我們散開的同時，警戒水魔法的羅帝亞龍再度逼近，雷烏斯與爺爺按照計畫，從側面攻擊牽制住牠。

目的不在於打倒牠，而是要絆住牠的腳步。莉絲面向停留在原地的魔物，解放魔力，呼喚精靈。

「大家……使出全力吧！『水壓』。」

她一發動魔法，不只空氣中的水氣，連附近的河都冒出大量河水，集中在羅帝亞龍頭上，朝正下方落下。

輕易超過魔物體重的水量用力倒下……不對，用力砸下去，將羅帝亞龍固定在地面，封住牠的行動。

「嗚嗚……可能……撐不了太久……」

「這樣就夠了。雷烏斯！爺爺！」

「我隨時可以上！」

「我也是。」

「那麼……拜託了！」

「嗯，開始囉！水啊！」

我一打信號，莉絲就拜託精靈操作水，減弱部分的水勢，露出牠肚子的一部分。

我將「風斬」的銳利度提升到最高，射向露出來的腹部。

風之刃在魔物腹部割出一道大傷，與此同時，雷烏斯用拿長槍的方式將劍身放平，手持愛劍飛奔而出。

「給我刺下去——！」

目標是羅帝亞龍被魔法切開的腹部。

雷烏斯的劍深深刺進傷口，然而……

「唔！可……惡！」

肉大概還是太厚，他的劍刺到一半就停在那邊。

可是，我們的攻擊尚未結束。正準備進入下一階段，雷烏斯卻採取了意料外的行動。

「這種……程度！」

他變身成銀狼族稱之為「詛咒之子」的模樣，八成是因為劍刺得比想像中還淺，令他覺得不甘心。

全身肌肉膨脹，長出毛來，變成一隻用兩腳站立的狼，力量也隨之提升。拜其所賜，雷烏斯成功把劍刺進更深處。

這樣能解決掉牠的機率就提升了，這時卻出現一個問題。

「怎麼可能……你……怎麼會是……」

本來應該要集中魔力，準備發動攻擊的爺爺，呆呆望著雷烏斯。

這也不能怪他。因為族規規定，身為詛咒之子的銀狼族必須處死。

再加上那個詛咒之子就是自己的家人，令爺爺大受打擊，忘記作戰計畫，像被定住似的愣在原地。

「唔……唔唔……加布先生，快點！」

莉絲快撐不下去了，沒有多餘的時間猶豫，但我很能理解爺爺的心情。

以前我知道雷烏斯是詛咒之子的時候，也非常絕望。

是天狼星少爺的一句話……拯救了我們。

當時少爺對我們說的話是……

「爺爺，你在發什麼呆！現在沒空給你煩惱這種沒意義的事啦！」

「什麼!?」

「雷烏斯說得沒錯。請你不要為這種沒意義的事杵在那邊！」

你們的煩惱真沒意義……天狼星少爺這句話，將原本會被拆散的我們緊緊繫在一起。

正因為少爺心胸如此寬大，我們才對銀月發誓要終生跟隨他。

所以，既然主人說這個煩惱沒意義，我們當然也是一樣的想法。

而且，即使是詛咒之子，雷烏斯還是雷烏斯。

只要他能像現在這樣與我們一同生活、煩惱、歡笑，就構不成任何問題。

由於現在是緊急情況，我不小心跟當時的天狼星少爺一樣，有點太過激動，但爺爺似乎因此回過神來了。

「沒、沒意義!?你們說族規沒意義嗎！」

「沒錯，爺爺的煩惱對我們而言毫無意義。比起那點小事，幫大家報仇更加重要！」

「姊姊說得對！不能戰鬥就到後面去！」

不曉得是不是變身導致他情緒高漲，雷烏斯一下就放棄寄望爺爺，試圖硬將大劍推進去。

劍刃逐漸刺進魔物體內，可是速度實在太慢，在刺中核心前，莉絲八成會先用光魔力。

我也準備使出「風衝擊」做為最後的手段。這時，爺爺所在的方向突然傳出響徹四周的拍打聲。

我回頭看過去，爺爺嘴角流血，擺出必殺技的架式。

「我怎麼可以……再在孫子面前出醜！」

他一定是把自己打醒了。

爺爺放聲大叫，驅散迷惘，凝聚完魔力後用足以踩碎地面的力道衝向雷烏斯。

揮下被魔力包覆住的拳頭……

「爺爺！」

「喝啊啊啊啊啊啊啊──！」

雷烏斯放開劍的同時……爺爺用「銀色之牙」擊中劍柄。

正如他剛才信心十足的回答，爺爺的拳頭精準命中劍柄中央，大劍彷彿被吸引過去，刺進魔物體內。

這一擊是模仿天狼星少爺在劍或小刀刺太淺時的應對方式，雷烏斯的劍不僅劍身，連劍柄都有一半陷進去。

都刺這麼深了，照理說應該刺得到核心。

「對不起。我……不行了……」

這時莉絲也耗盡魔力，水停止降下，可是少了水的壓力後，羅帝亞龍仍然趴在地上，一動也不動。

這樣……我們就為爸爸媽媽跟大家報仇了嗎？

緊繃的精神放鬆下來，害我差點直接坐倒在地。莉絲因為魔力枯竭，有點喘不過氣，不知道她有沒有事。

我正想去關心莉絲，突然有股不祥的預感，反射性轉頭一看……應該已經喪命的羅帝亞龍竟然正試圖站起來。

「爺爺，讓開！」

雷烏斯大概是本能意識到還沒解決掉牠，率先反應過來，跟爺爺一樣用拳頭打向劍柄。

這一擊使羅帝亞龍停止動作，本以為這次真的打倒牠了……

「唔!?這樣還不倒下嗎!?」

「還沒完呢！這然如此，我就揍到牠——」

「等等，雷烏斯！爺爺也是！」

「姊姊，別過來！」

「妳退下！這傢伙還會動。」

「不，全都結束了。」

他們太過亢奮所以沒發現，緩緩走向我們的羅帝亞龍，已經……

「這隻魔物……已經死了。牠只是靠僅存的本能在行動。」

之前立刻就能止血的傷口也沒癒合，而且根本感覺不到生氣。推測是生命力太強韌，要花一點時間才能完全斷氣。

不過看牠剛才的動作，走出大廳前應該就會倒下了，更別說要去到洞窟外。羅帝亞龍緩緩走過來，張開大嘴。

「原來如此……是進食的本能嗎。」

「姊姊，妳愣在那幹麼！」

「對呀。我還走得動，快點離開牠吧。」

「……不用擔心。」

牠的動作慢到後退幾步就能避開，我卻故意站在原地，手掌朝向羅帝亞龍。

你就是用這張大嘴……殺了我的爸爸和媽媽。

恐怖的象徵近在眼前，令我全身顫抖，不過……

「我要……克服過去的傷痛！」

我擠出最後一絲魔力，用「風斬」將牠的頭直線砍成兩半。

羅帝亞龍在我的攻擊下倒地，再也沒有站起來。

「呼……我們辦到了……」

「菲利歐斯……我終於為你報了仇……」

雷烏斯解除變身，露出滿意的笑容坐到地上，爺爺則流下眼淚，我也深深體會到終於結束了。

我……我們終於……成功了對不對？

意識到這一點的瞬間，沒發現自己到了極限的我，下意識放鬆全身的力量，緩緩向後倒去。

「啊……糟糕……」

明明理解這樣會直接撞上地面，身體卻累到動彈不得。

莉絲急忙將手伸向我，可是她也因為魔力枯竭的關係，動作變得遲緩，不可能趕得上。

我用意識模糊的大腦想著至少不能撞到頭，然後，有人溫柔地接住我。這股味道及觸感是……

「妳很努力。」

「天狼星……少爺？」

是我的主人天狼星少爺。

他臉上帶著一如往常的溫柔微笑，臨走前的冰冷目光蕩然無存。

天狼星少爺慈祥地撫摸我的頭，由於實在太舒服，我的眼皮越來越沉重，但我努力抵擋住睡意，回應天狼星少爺的笑容。

「您……看到了嗎？」

「那當然。你們戰鬥的英姿、妳克服創傷的模樣，我都看在眼裡。」

「太好了。那我就還能繼續當天狼星少爺的——」

「嗯，妳是我引以為傲的徒弟。是……我的驕傲。」

「呵呵……我辦到了……」

啊啊……只要有那抹笑容和那句話，一切都有了回報。

我在最喜歡的天狼星少爺懷中，幸福地失去意識。

我在一片漆黑的世界中，喘著氣向前奔跑。

不停跑著……

不停跑著……

雖然又喘又累，隨時都會倒下，我依舊看著前方，不停奔跑。

因為媽媽和爸爸就在那裡。

我想見他們。

想聽他們的聲音。

這次想由我去咬他們的肩膀。

可是……怎麼跑都無法接近爸爸媽媽。

快點……

得快點……到媽媽和爸爸身邊才行……

「媽媽！爸爸！快逃——！」

因為爸爸媽媽後面，有隻巨大的黑色魔物。

魔物張開大嘴，準備吃掉我珍視的家人。

我想用魔法打倒牠，可是……

「……咦？」

使不出魔法……？

不對，說起來，我會魔法嗎？

「為什麼!?我記得我……」

知道怎麼施展魔法，卻又不知道。

無法言喻的感覺令我不知所措，這時我發現了。

看到自己的手、自己的身體，我明白理由了。

「這是……小孩子的……」

我的身體恢復成了小孩——部落遭到襲擊前的模樣。

我是遇見天狼星少爺後，才學會使用魔法的。

沒錯，當時的我一無所知，只是個無力的孩子。

只能眼睜睜看著雙親被魔物吃掉。

這一幕……這場夢……我見過無數次……最後爸爸媽媽會被……

「不對！」

不是的！

我……我已經……不是小孩了！

我是在天狼星少爺的鍛鍊下學會魔法、長大成人的……艾米莉亞・席爾巴利恩！

「消失吧！」

一意識到這一點，身體便恢復原狀。

我立刻用魔法高高跳起，在跳到魔物面前的瞬間發射風刃，將魔物四分五裂。

風刃不僅斬裂魔物，還切開四周的黑暗。

「我再也不會怕你！因為……我已經克服了傷痛！」

我斬釘截鐵地宣言，黑色魔物消失得無影無蹤，黑暗轉變為一片純白的世界。

突如其來的變化害我嚇了一跳，不過首先要做的是……

「媽媽，爸爸……你們沒事吧？」

我轉身確認雙親的安危。

看見跟離別前一模一樣的爸爸媽媽……眼中自然而然流出淚水。

是高興？還是悲傷？我自己也……搞不清楚。

因為……這是一場夢。

我明白真正的媽媽跟爸爸，已經不在人世。

「呵呵……艾米莉亞真是愛哭的孩子。我們可沒把妳養成愛哭鬼喔？」

「是啊。因為妳個性強悍，通常不會哭，而是立刻氣得回嘴。」

「因為……因為……」

「過來這邊讓媽媽摸摸頭。妳最喜歡媽媽摸這邊了對不對？」
「喂喂，一個人獨享太奸詐囉，也讓我摸摸艾米莉亞。」
媽媽溫柔的輕撫，以及爸爸有點粗魯的摸法，都跟以前一樣。
以前理所當然的親子互動，現在卻讓我感到十分懷念、十分高興。
然而……如今已有個人會用更溫柔的手摸我。
「妳怎麼了？反應比平常還要小。」
「因為，現在有人會用更舒服的方式摸我。」
「哎呀呀，妳已經變成那個人的俘虜了呢。」
「俘虜!?莫非……是男人？」
「是的。那人非常溫柔，器量又大，我跟雷烏斯都是他的隨從。他叫天狼星少爺，在我們遇到魔物的時候——」
之後，我渾然忘我地向爸爸媽媽介紹天狼星少爺。
我想讓他們多瞭解天狼星少爺和大家一些，下意識加快語速、不斷述說，爸爸和媽媽都笑著聽我說——不對，爸爸看起來有點不高興。
明明身體正逐漸模糊，彷彿要融進純白的世界當中，他們依然面帶笑容。
「天狼星少爺非常厲害，學識淵博，什麼都知道。他無時無刻都在關心我們，廚藝也很好，是把我訓練得這麼厲害的師父。」

媽媽的身體……

「雷烏斯也變得很厲害。他揮著一把大劍，一下就能把魔物清理乾淨。雖然常常失控，又愛做奇怪的事，可是現在的他非常強喔。」

以及爸爸的身體……都越變越透明。

「我在學校遇見一位叫莉絲的女孩，跟她成了朋友。莉絲相當溫柔，擅長水魔法，是我重要的摯友——」

我已經哭得看不清前方，連自己在說什麼都不知道。

即使如此，我仍然遵循情感，拚命對父母傾訴。

將想到的話統統說出來，擦乾眼淚後，他們的身體快要完全消失了。

我還有很多話想說……可是時間所剩無幾。

在那之前，有件事我無論如何都要告訴他們。

「哎呀，說完了嗎？我還想多聽一些呢。」

「那個……有件事，我想跟爸爸媽媽道歉。」

「好呀，說來聽聽。」

「我最喜歡天狼星少爺了。能遇見天狼星少爺，成為他的隨從，我真的很高興。」

對現在的我來說，待在天狼星少爺身邊是最幸福的。

聽見我的告白，媽媽高興地點頭，爸爸則板著臉點頭。

「嗯，我知道。因為妳提到那個人的時候……表情非常幸福。」

「……看來不只是因為他是妳的恩人。不爽歸不爽，也只能認同他了嗎……」

「能和天狼星少爺在一起，我很高興……很幸福……有一天，我突然想到。」

在平凡無奇的幸福日常中，突然想到。

這個想法出現得實在太過自然，令當時的我深陷自我厭惡當中。

「我能遇見天狼星少爺……都是因為魔物攻擊了我們的部落……攻擊了爸爸媽媽……」

沒錯，腦中不小心浮現褻瀆死者的想法。

「我很喜歡媽媽和爸爸！部落裡的大家也最喜歡了！可是，能跟天狼星少爺相遇，我更加……更加……」

「……艾米莉亞。」

我哭著吶喊，媽媽緊緊將我擁入懷中。

「遇見那個叫天狼星的人，對妳來說是最重要的經歷……對不對？」

「對不起……對不起……」

我在媽媽懷裡拚命道歉，她溫柔地摸著我，輕聲說道：

「艾米莉亞，不需要道歉。」

「我們之所以在那裡喪命，是因為我力量不足。留下妳跟雷烏斯兩姊弟，我們才該道歉呢。」

「怎麼會！媽媽跟爸爸沒道理道歉！」

因為……都是多虧他們拚上性命，我和雷烏斯才能活下來。

我抬起臉來，爸爸媽媽都笑著撫摸我的頭。

「所以，妳用不著煩惱。因為……我們死掉了嘛。絕對不可以一直把不在人世的我們放在心上，放棄享受當下的機會唷。」

「妳遇見比爸爸媽媽更重要的人，變強為我們報了仇。身為妳的父母，沒有比這更高興的事了。」

「爸爸說得沒錯。我們最高興的就是妳有了這麼大的成長。沒有父母會不為孩子的成長高興。」

淚水……止不住。

為什麼……為什麼……我最喜歡的人已經不在了……

「只要妳跟雷烏斯幸福，對我們來說就夠了。」

「嗯。雷烏斯好像也成了能獨當一面的戰士，我很放心。」

「……還不能放心啦。那孩子總是浮浮躁躁，非得要我和天狼星少爺盯著。」

「這樣呀。那之後也麻煩妳照顧他囉？不過小心別因為太關心雷烏斯，就忽略了自己。」

「沒問題的。只要跟天狼星少爺在一起，發生什麼事我都可以面對。」
「妳真的很喜歡那個人呢。那就快點回去吧。這裡不是妳該待的地方。」
媽媽和爸爸最後咬了一下我的肩膀，放開我。
我也想咬他們，伸出去的手卻穿過媽媽的身體，沒辦法碰到她。
「別擔心。不用咬肩膀，我們也感受得到妳的心意。」
「雖然很不甘心，把這份心意拿去傳達給那個叫天狼星的人吧。」
「……嗯。」
「今後，妳要照自己的意思生活，得到幸福。我們的願望……僅此而已。」
「爸爸也是。無論發生什麼事，我都會祝福妳。」
「媽媽……爸爸……」
他們已經融進白色世界中，只看得出身體的輪廓。
就算這樣……我還有話想對他們說。我擦掉眼淚大喊：
「能生為媽媽和爸爸的小孩……真的太好了！」
『媽媽最愛妳唷，艾米莉亞。』
『爸爸也深愛妳，艾米莉亞。』
「我也愛你們！」
於是……媽媽跟爸爸完全消失了。

他們消失後，我究竟哭了多久？

坐在這個白色世界中不停哭泣，心情稍微恢復一些時，我慢慢回頭朝身後看過去。

另一邊也是一片純白世界，唯一不同的是，上空有顆發出溫暖光芒的太陽。

看著那顆太陽會讓人靜下心來，我的尾巴自然地開始搖晃。

身體感受到的溫度……不會有錯。

那顆太陽才是我應該前往的方向，發誓要終生侍奉他的主人之所在。

我擦著眼淚站起來，朝太陽前進。

為了回到我該在的地方……

「……醒了嗎？」

我在朦朧的意識間聽見聲音，轉頭望向旁邊，看到我的主人天狼星少爺。

我下意識伸出手，天狼星少爺便溫柔握住我的手。

好溫暖……這個人果然是我的太陽。

「身體覺得如何？」

「是……還有點累，不過已經沒事了。」

我並沒有受傷，會這麼疲憊主要是因為魔力枯竭，再加上精神太過緊繃吧。

身下似乎鋪著毛毯，我拿掉蓋在身上的毯子，坐起上半身，觀察周遭環境。

地點是一棟建築物內，並非我們跟羅帝亞龍交戰的洞窟，屋內還有曾經有人在這裡生活的痕跡。灰塵異常地多……是個有點熟悉的地方。

「天狼星少爺，這裡是哪裡？」

「你們故鄉的其中一棟房子。妳昏過去後，我把妳背過來的。」

對了，部落還有幾棟房子沒崩塌。難怪我有印象。

由於有天狼星少爺的魔法，室內燈火通明，窗外卻是一片黑暗。

「請問我睡了多久？其他人呢……」

「大概半天左右。雷烏斯跟莉絲和加布一起去其他房子休息。」

接著，天狼星少爺為我說明我昏倒後的情況。

我失去意識後，爺爺好像也跟著昏了過去。

仔細想想，這也是理所當然。畢竟爺爺今天一直在戰鬥，消耗大量魔力的必殺技也用了好幾次。

「推測是因為他消耗了大量體力，再加上殺了仇敵，使緊繃的精神放鬆下來。妳放心，雷烏斯在旁邊看著，我想他明天就會醒。」

「太好了。因為……爺爺很努力。」

「妳也很努力啊。來，我煮了湯，喝一些吧。肚子餓了對不對？」

一聽見有湯可以喝，肚子就叫了，天狼星少爺笑著為我拿來裝湯的盤子。他的手放開時，我有點寂寞，不過我努力掩飾住了。

盤子裡的湯冒著煙，散發香氣，不曉得天狼星少爺是不是看準我醒來的時間，事先把湯熱好。

這味道……是他第一次煮給我和雷烏斯喝的那種湯。

「還有，雷烏斯幫忙找到蛋，所以我做了煎蛋捲。當然是甜味的。」

「那個，可以的話，想麻煩您一件事……」

「嗯？難道是希望我餵妳吃？」

「……是的。」

天狼星少爺無奈地苦笑，將湯與煎蛋捲送入我口中。

味道非常美味、溫柔，他特地做成我喜歡的味道，我真的很高興。

而且還親自餵我吃……好幸福。

天狼星少爺一面餵我，一面繼續說明。

「那隻魔物我埋進洞裡燒掉了。威脅你們的存在這樣就徹底消失囉。」

顧慮到我們的感受，他沒有採集魔物身上的素材，而是整隻埋進地底燒掉。

此外——雖然我沒親眼看見——天狼星少爺還將在洞窟外打倒的大量魔物埋起來，這樣就再也不會有大量的魔物突然聚集過來。聽說雷烏斯也幫了很多忙。

現在這個部落連柵欄都沒有，但北斗先生坐在廣場中央幫忙監視，可以不用怕有魔物偷襲。

「所以放心睡吧。我也會睡在附近，有什麼事就跟我說。」

餵完我吃飯後，天狼星少爺準備起身離開，我反射性抓住他的袖子阻止他。

唉……傷腦筋。

我現在特別希望少爺陪在身邊，大概是因為剛才夢見爸爸跟媽媽。

「被莉絲說中了。好吧，我留在這裡，別露出那種表情。這樣可以嗎？」

天狼星少爺坐回我前面，伸手摸我的頭。

原本是莉絲要陪我睡，但她說應該由天狼星少爺照顧我。

看來她連我會留住天狼星少爺都猜到了，天狼星少爺笑了出來。好難為情，不過謝謝妳……莉絲。

「雖然妳才剛醒，勸妳再休息一下。來，睡吧，我就待在這裡。」

「知道了。可是在那之前……我有話想跟您說。您願意聽嗎？」

「好啊，妳說。」

「謝謝您。其實我昏倒後——」

我將一直會作的惡夢，以及跨越傷痛，跟爸爸媽媽說到話的事情告訴天狼星少爺。

天狼星少爺邊聽邊點頭，誠心為我感到悲傷、喜悅，摸了我的頭好幾次。

我聽少爺說過，夢境會反映自身的願望及潛意識，但我並不認為那是夢。不對……就算是夢也沒關係，因為我的爸爸媽媽絕對會那麼說。

還有……

「媽媽叫我照自己的意思生活。所以，我想照自己的意思，將想說的話傳達給您。」

我用雙手握住天狼星少爺的手，看著他的眼睛，深吸一口氣。

「我……最喜歡天狼星少爺了。我以一名隨從的身分……以一名弟子的身分……以一名女性的身分愛著您。」

「是嗎。」

「那個……就算您早就知道，我還是想再次表明我的心意。但我是您的隨從，您可以不用放在心上。只要您知道我以一名女性的身分發自內心愛著您就夠了。只要您偶爾像現在一樣摸摸我的頭，我就──」

很幸福了──接下來的話我沒能說出口。

因為……天狼星少爺用脣堵住了我的嘴巴。

「摸頭妳就滿足了嗎？」

天狼星少爺放開我，摸著我的臉頰對我微笑。

「那……那個……請問……您這是？」

「妳喜歡我，我也喜歡妳。就這樣而已。」

「可、可是……我怎麼誘惑您，您都沒反應，我還在想說是不是我不夠有魅力……一直很擔心……」

艾莉娜小姐教的工作內容中，侍寢當然也包含在內。

她還告訴我主人指名女性隨從侍寢，代表他信賴那個人。也就是說，要用身體滿足主人的……天狼星少爺的欲望。我認為這是非常了不起的任務。

我很喜歡天狼星少爺，所以我努力成為具有魅力的女性，以便隨時都能回應天狼星少爺的傳喚。雖然很辛苦，為了被天狼星少爺選上，我對此並沒有怨言。

我一直塑造自己成為一名美麗的女性、擁有一對豐滿迷人的胸部，好讓自己配得上當天狼星少爺的隨從。

然而……天狼星少爺到了艾莉娜小姐說的年紀後，還是從來沒碰過我。

我試了很多方法，鑽到他床上、趁他洗澡的時候進去……積極進攻，天狼星少爺卻總是委婉地拒絕我。

我還懷疑過該不會我不是他喜歡的類型。就算這樣，只要能繼續待在他身邊就好……沒想到少爺竟然吻……吻了我。

我高興得差點昏倒。

「我從來沒說過妳沒有魅力。況且，這麼可愛的女孩一直陪在身邊，喜歡上她也是理所當然的吧？」

「那、那您為何從未回應過我？我隨時都……就算被您當成道具看待，我也不會拒絕。」

「這可能是我單方面的想法——我不希望妳逃來依靠我。」

如果在我克服傷痛前接受我的心意，我可能會變得什麼事都依賴天狼星少爺、逃避面對宿敵。

經他這麼一說，確實如此。我恐怕會沉溺於天狼星少爺的愛意中，遇到羅帝亞龍也只會躲在少爺背後，不肯踏出去。

少爺這麼做是為我著想，我明白他的理由，不過這實在太殘酷了。真的是……很嚴厲的人。

「我想請問……您是什麼時候喜歡上我的？」

「這個嘛，開始把妳當一名女性看待，差不多是在艾琉席恩第三年的時候……吧？妳變得越來越有魅力，最近甚至得費好一番工夫才壓抑得住。」

啊啊……太好了。

我的努力有了回報，傳達給天狼星少爺了。

我高興得顫抖不已，天狼星少爺表情突然嚴肅起來，看著我的眼睛。這是……

要觀察我們真正想法時的眼神。

「但是艾米莉亞，妳真的要和我在一起？我……殺過好幾個人喔？」

「……我知道。」

天狼星少爺過去數度在深夜獨自外出，回來時身上帶著淡淡的血腥味。

不過……

「這是您為了貫徹信念的必要之舉……對吧？再說，我明白天狼星少爺不是會無緣無故奪去他人性命的人。這樣的您我也深深愛慕著。」

「我也喜歡莉絲。而且我還被妖精族的女性追求過……這樣妳還接受？」

「莉絲當然沒問題。至於那位妖精……我之後再問清楚。女性會被強者吸引很正常，我想不管之後多了多少人，天狼星少爺都會平等愛著大家，所以我並不介意。」

「我並沒有想再……啊啊，講這種話一點說服力都沒有。先別管人數了，妳沒關係對吧？」

「是的。我只要能以隨從的身分幫上您的忙就夠了。」

「不……我不太喜歡這樣。不把妳視為一名女性去愛，我自己無法接受。」

天狼星少爺……又吻了我一次。

對天狼星少爺的愛意滿溢而出，真希望這段時間永遠持續下去。

他的嘴脣即將離開的瞬間，我下意識探出身子，少爺卻按住我的肩膀阻止我。

情感太過強烈，導致身體自己行動了，真不好意思。

天狼星少爺好像還有話想跟我說，我努力抑制住欲望，等他開口。

「艾米莉亞，我接受妳的心意。成為我的戀人吧。」

「除了天狼星少爺，我不作他選。」

「是嗎。那以後多指教囉。」

「是！我會永遠待在您身邊，直到生命走到盡頭。」

我撲進天狼星少爺懷中，得到第三次的吻。

我是這個人的隨從。

不過，現在就以一名女性的身分……接受他的愛吧。

「天狼星少爺……我愛您。」

媽媽，爸爸。

我……非常幸福。

可是，之後我會變得更加……更加幸福，請你們在天上保佑我。

『嗯，我會的。』

『嗯，我會的。』

《倖存下來的人》

——天狼星——

從手臂傳來的柔軟觸感，以及神祕的窸窣聲，使我睜開眼睛。

看了下四周，天已經亮了。我慢慢將臉轉向旁邊，艾米莉亞天真無邪的睡臉近在眼前，手臂被她緊緊抱著。

她還沒醒，尾巴卻樂得狂搖，大概是下意識的行為。我聽見的就是尾巴在毯子裡搖來搖去的聲音。

看太陽的高度，我似乎醒得比平常晚。昨天處理了那麼一大群魔物，用光好幾次魔力，會累也不意外。

艾米莉亞也克服傷痛、與羅帝亞龍交戰，因此睡得比我還熟。

她下意識用臉反覆磨蹭我的手臂，說著夢話。

「天狼星……少爺……」

話說回來……真幸福的表情。

看到這麼可愛的睡臉，我忍不住用另一隻手摸她的頭，艾米莉亞高興地往我身上貼過來，開始聞我味道。

「嘻嘻嘻……」

「……妳醒了對吧？」

「……被發現了。」

艾米莉亞被我抓包，睜開眼睛，身體依然黏在我身上。

她看著我的臉展露微笑，把我的手臂抱得更緊。

「我的夢想實現了。我現在非常開心……非常幸福。」

本以為她終於要離開，結果艾米莉亞只是挪了下身體，咬我肩膀。

昨天她不知道咬了我多少下，因此我感覺有點麻痺，艾米莉亞卻嫌不夠的樣子。

「我很高興妳這麼喜歡我，可是再繼續咬下去搞不好會流血，差不多該停止囉。」

「十分抱歉。但我太開心了，控制不住。那個，您流血的話我會幫您舔掉，所以請讓我再……」

她說著，又開始咬我肩膀。本來想順著她的意……不過這種時候該做的不是咬肩膀，而是……

「艾米莉亞，看這邊。」

「啊……」

我撫上她的臉頰讓她轉過來，吻了她一下。

將臉移開後，艾米莉亞露出陶醉的笑容…………咬我肩膀。

「結果妳還是要咬我。」

「最喜歡天狼星少爺了……」

艾米莉亞熱情的愛，終於把我肩膀咬出血來。

說服抱著我不放的艾米莉亞離開後，我整理好儀容來到外面，看見雷烏斯和加布面對面站在部落的廣場。

雷烏斯聽從加布的指示揮拳，似乎在學什麼招式。

順帶一提，雷烏斯在昨天的戰鬥中沒受什麼傷，又得到充分的休息，現在很有精神。加布則因為連續使用必殺技，累積不少疲勞，左手還有點骨折，大概是太勉強自己了。

幸好有我的再生能力活性化和莉絲的治療，傷勢並不嚴重，纏上繃帶再用夾板固定住手，好好休息，應該很快就能復原。

「啊，大哥，姊姊，早安。」

「是你們啊。早——」

「呵呵呵……早安！天狼星，爺爺！」

我們互相問候，只有加布啞口無言。

好吧……看到孫女這樣，他當然會察覺到。

艾米莉亞喜孜孜地勾著我的手，尾巴搖個不停，看起來十分幸福。

「莫……莫非，妳……」

「姊姊，妳心情真好。」

「那當然。因為我終於跟天狼星少爺……呵呵呵。」

銀狼族對氣味很敏銳，但艾米莉亞的情況，光看就知道發生什麼事。

加布發現孫女的變化，目瞪口呆，雷烏斯則跟平常一樣。雖然他不管有沒有發現大概都沒差。

這時，從昨天就在幫忙看守的北斗走了過來，我便摸摸牠的頭，艾米莉亞跟加布在旁邊相對而視，面色凝重。

「我沒資格多說什麼……不過，妳不會後悔吧？」

「是的。待在天狼星少爺身邊，是我最幸福的時刻。」

「是嗎。如果是這個男人，我也沒有不滿。連著菲利歐斯和蕾娜的份一起得到幸福吧。」

「是！」

看來加布對我的信賴，已經足以把孫女託付給我。

然而，再熟也要講禮數……我認為應該正式跟艾米莉亞的家人問好，站到加布面前深深一鞠躬。

「不好意思這麼晚才告知，我跟艾米莉亞在一起了。我一定會給她幸福，請您儘管放心。」

「……拜託你了。可是給我記住，要是你敢害那孩子哭，我可能會直接殺去揍你。」

「到時就麻煩您教訓我。」

「爺爺放心。如果天狼星少爺害我哭，也是因為喜極而泣……呵呵呵。」

「哼……恭喜你們。」

聽見我的宣言，艾米莉亞更開心了，神情恍惚，尾巴搖來搖去。

加布苦笑著祝福我們，在旁邊聽我們說話的雷烏斯也拍手表示喜悅。

「嘿嘿，太好了姊姊。這樣大哥就是我真正的大哥咧。」

「雷烏斯，你太急了啦。我終究是天狼星少爺的隨從。對了……請問您想要幾個孩子？」

「唉……你們兩個都太急了。是說莉絲在哪裡？」

「莉絲姊在那棟房子裡做早餐。你看。」

「早餐準備好囉——！」

我回頭望向聲音來源，莉絲從另一棟房子走出來，對我們揮手，所有人便先移動到那裡吃早餐。

「我想討論一下之後要做什麼。」

我們坐在勉強保有原形的破舊桌子前吃早餐，討論今後的行程。

說是討論，要做的事也不多。最重要的課題——銀狼族一家的仇報了，附近的魔物也在北斗的努力下清理完畢。

於是我們按照當初的計畫，決定先為部落的銀狼族立墓碑。

「得準備許多墓碑呢。對了，這個部落總共住了多少人？」

「不到一百人。還有，銀狼族的墓只要一個大墓碑就夠了，因為大家都是夥伴及家族。所以沒有留下骨頭或遺物，我好難過。」

「所以我們想在墓碑上刻大家的名字。大哥，我去找石頭，等等借我小刀。」

用我的祕銀刀確實可以輕鬆在石頭上刻下文字，但我總覺得那樣已經不算墓碑，而是慰靈碑。

算了，先別討論這個，姊弟倆這樣就滿意了嗎？

「你們不會想振興這個部落，回來這裡住嗎？」

「當然不可能完全不想，不過……要振興部落太難了。因為唯一倖存下來的我們不能留在這裡。」

「對啊。大哥在哪，我們就跟到哪。而且仇也報了，能幫大家立墓碑就好。」

「我們的部落沒多餘的人手派過來，現在只要能弔祭兒子及同胞便足矣。」

看來他們也知道，光憑心意做不了什麼。

總而言之，不僅要祭拜將近一百名亡者，其中還包含姊弟倆的雙親，得準備相應的大墓碑才行。

我們簡單分配好工作，這時看著我們的莉絲開口說道：

「是說……艾米莉亞打算照顧天狼星前輩到什麼時候？」

「咦？」

艾米莉亞在討論途中也不停往我嘴裡塞東西，殷勤地為我服務。拒絕的話她會明顯陷入消沉，因此我徹底放棄，任憑她擺布。

每餵我吃一口，艾米莉亞就會露出幸福的笑容，莉絲看得有點傻眼，又有點羨慕的樣子。

「對不起，莉絲。我現在非常想為天狼星少爺服務……」

「真拿妳沒辦法。不過不能怪妳今天這樣，因為妳的夢想終於成真了嘛。」

「都是託莉絲的福，真的很謝謝妳。所以莉絲也……來。」

「不、不用餵我啦。」

開飯前才跟艾米莉亞見到面的莉絲，笑著祝福她。完全感覺不到險惡的氣氛，幸好她們感情好。

由於艾米莉亞的注意力轉移到莉絲身上，我鬆了一口氣，正想自己夾菜的瞬間……

「天狼星少爺，請用。」

「……謝謝。」

她明明面向莉絲，卻神不知鬼不覺把菜夾到我嘴邊。

「我不覺得這樣不好啦，可是，賽妮亞的服務大概都沒那麼周到。」

「艾莉娜小姐在這方面的教育是完美的！」

「姊姊，妳狀況超好耶！笑容超級燦爛。」

「……呵。」

「喔，爺爺也笑了！」

「別吵！不能安靜點吃飯嗎！」

跨過一堵高牆的我們，度過熱鬧的早餐時間。

吃完早餐，大家立刻開始立墓碑。

先稍微整地一下，接著用雷烏斯的劍把石頭整齊地切下來，放到廣場。最後再由兩姊弟用我的小刀刻上每個人的名字。

他們輪流刻著名字，可是人數這麼多，自然需要耗費不少時間，因此我們暫時休息，著手準備午餐。

大家分成收集食材班及料理班，艾米莉亞和莉絲希望可以男女分開。她們好像有事想私下聊，因此我們幾個男人留下北斗，到附近的河裡抓魚，抓到一定數量就帶回去給她們。

「……好，第五隻……噢，咬得挺緊的。」

由於不需要趕時間，我用粗樹枝跟「魔力線」做了臨時釣竿釣魚。

銀狼族似乎是空手或用類似魚叉的東西捕魚，所以加布看到我的做法，一臉不可思議。

「沒想到還能這樣抓魚。」

加布是傷患，沒有動手抓魚，而是坐在我旁邊。他看著在不遠處的下游抓魚的雷烏斯，喃喃自語。

「……好久沒有這樣悠閒度過了。」

自從聽說部落遭到襲擊的那一刻起，加布從來沒有一天過得安穩。有時會夢到跟兒子吵架的夢，還會因為後悔而失眠。

如今親眼見證部落的慘狀，為兒子報仇後，擾亂他心神的雜念已經消失，會放鬆下來很正常。

加布大概只是想傾訴心情，就算我一句話也沒回，依然接著說道。

「留給我的……只剩這東西嗎？」

他拿出祕銀製的手甲，開始用乾布擦拭。

不是他左手裝備的那隻手甲，是右手戴的手甲。

這是雷烏斯在打倒羅帝亞龍的洞窟深處發現的。附近還掉著融化一半的金屬碎片，應該是羅帝亞龍無法消化，吐出來的東西吧。

這個手甲掉在那邊，證明雷烏斯的父親無疑被吃掉了。

好不容易找到兒子的遺物，卻被迫面對殘酷的現實，加布略顯寂寞地反覆擦拭手甲。

「別那麼悲觀啦。你不是還有重要的存在嗎？」

「說得也是。我還有……孫子在。」

加布望向旁邊，看著走進河裡抓魚的雷烏斯，眼神非常溫柔。

對了……加布有看見雷烏斯變成詛咒之子的模樣，不曉得他是怎麼想的？

「是說，你知道雷烏斯是詛咒之子對不對？你不在乎規定了嗎？」

「規定嗎？老實說……我還在猶豫。」

看見雷烏斯變身時，加布當場愣在原地，不過姊弟倆的那番話讓他振作起來，重新踏上戰場。

當時他專注在對付羅帝亞龍上，所以把這件事忘了，現在回想起來，內心似乎百感交集。

「那兩個孩子說族規毫無意義的時候，我確實覺得就算外表變了，他還是我的孫子。可是我曾經是銀狼族的村長，沒辦法立刻接受，因為我已經親手處理過詛咒之子。」

加布曾經殺過身為詛咒之子的同胞。當時他是村長，又是實力最堅強的人，殺掉同胞的時候，他說他嘗到撕心裂肺般的痛楚。

「你很痛苦對吧。話說回來，為什麼銀狼族有這麼可怕的族規？」

「……有這麼一個傳說。很久很久以前，某個變成詛咒之子的銀狼族不僅殺了同胞，還瘋狂虐殺其他種族的人。」

用「虐殺」這個詞形容感覺有點太誇張，不過某種意義上來說，我可以理解。變身後的雷烏斯體能雖然會大幅提升，卻會變得莫名亢奮、好戰。我的推測是，變身之後，沉睡在體內的本能可能會比較容易顯露出來。

那個傳說裡提到的詛咒之子，恐怕是殺人會嘗到快感的類型。

「原來如此。你處理掉的那個詛咒之子，就是做了同樣的事？」

「是啊……起初我並不相信。但變成詛咒之子的人會失去自我，攻擊同伴，想對身邊的小孩子下手。我只能逼自己相信，以村長的身分……殺了他。」

想必加布當時是勉強相信傳說，叫自己接受這個做法的。這個工作真讓人不好受。

「你明知道他是詛咒之子，還選擇把他養大對吧？假設……我是說假設。雷烏斯長大後變身成詛咒之子，變成會到處殺人的男人，你會怎麼辦？」

「這個嘛……先問清楚原因。我不打算叫他不准殺人，只要有合理的理由，我就不會插嘴。只不過，如果他做了你說的那種事……」

至少我沒資格叫他不准殺人。

然而，雷烏斯如果是為了追求快感，對一般人出手……

「到時我會殺了他。身為一直鍛鍊他、教育他的師父，這是理所當然的吧？」

「這樣啊……」

聽見我的回答，加布只哀傷地咕噥一句。

他似乎看開了，但我的話還沒說完。

「但，那只是最終手段。只要別把雷烏斯教育成那樣就行了。你看，你覺得那傢伙像喜歡殺人的人嗎？」

我望向雷烏斯，他高高舉起剛抓到的大魚給我們看，笑容十分燦爛，跟小時候一樣天真無邪。

「雖然他言行舉止有那麼點粗魯，那傢伙就算變身也有辦法控制自己。你不是也親眼見到了？」

「……是啊。」

「身為他的師父，我決定將雷烏斯教成一個優秀的男人。我是帶著如果雷烏斯失控，不惜殺了他也要阻止他的責任與覺悟與他相處的。」

只有覺悟當然不夠，也要擁有與其相應的實力。

為了避免輸給雷烏斯，我從未疏於鍛鍊，還像父親一樣對待他，得到他的信任。兩者都是出於自然的行動，並非刻意為之。

「哎，雖然我跟你講了那麼多，我們的價值觀和思考方式又不一樣。這只是我個人的看法，不曉得能不能供你參考？」

「……足夠了。」

加布露出稍微放鬆一些的表情，這時抓完魚的雷烏斯跑了過來。

「大哥！爺爺！我抓到這麼大的魚耶！」

他抓到的魚大到得用雙手捧著。

雷烏斯驕傲地炫耀自己的獵物，加布卻笑著搖頭。

「這算不了什麼。我抓過更大隻的。」

「真的假的!?好，我絕對要贏過爺爺！」

他把魚放下來，又跑去河裡。加布看著他，眼神完全是溫柔守候孫子的爺爺。

我心想「這樣加布說不定終於能放下心中的負擔」，默默揚起嘴角。

「對了，魚已經夠了吧？光那條大的就夠好幾個人吃。」

「太天真了。有我們家那幾個，這點量轉眼間就會消失。」

「唔……的確，他們胃口很大。」

「對吧？萬一吃不完，只要做成魚乾就好。那麼麻煩你囉，北斗。」

「嗷！」

途中，北斗來幫忙送魚回去，我便把裝了雷烏斯抓的魚和我釣到的魚的籠子交給牠。

加布看著北斗離開，同意我說的話，又開始擦手甲，我也繼續釣魚。

之後，我們度過一段平靜的時光，只聽得見潺潺流水聲，以及雷烏斯抓魚的聲音。

釣到第十隻魚後，我暫時放下釣竿，動動肩膀做伸展運動。

肩膀已經不痛，但還是有股異樣感，大概是因為被艾米莉亞咬了好幾下。雖然是暫時的，一想到這個狀況不會只有一次，我就不禁苦笑。

加布看到我的行為，明白發生了什麼事，露出意味深長的笑容。

「怎麼樣？銀狼族的女人很熱情吧？」

「熱情到我都流血了。不過她這麼喜歡我，我很高興。」

「跟我老婆一樣。看來那孩子不輸給她啊。」

加布好像也有同樣的經歷。

嘗過同樣痛楚的同志默默握手，又抓到一隻魚的雷烏斯跑了過來。

「爺爺，這隻怎麼樣！」

「太小了。」

「可惡——！」

收集食材的溫馨時光，慢慢地流逝。

之後……大家吃完午餐，姊弟倆繼續在墓碑上刻名字，我則用石頭做了臨時調理臺。

我將中午沒用到的魚處理好，一些拿去做魚乾，一些拿去煮魚湯，莉絲也在旁邊幫忙，可是不知為何，釣完魚回來後，她完全沒有正眼看過我。

她的臉一直紅通通的，是跟艾米莉亞聊了些什麼嗎？隨便亂問可能會害氣氛變尷尬，因此我刻意假裝沒看見。

過了一會兒，剩下的魚都處理完畢，只要悶在鍋裡煮到晚餐時間即可，莉絲這個時候才終於開口。

「那個……天狼星前輩。您跟艾米莉亞……那個，成為戀人了對不對？」

「我是這麼認為的，不過誰知道她怎麼想呢？」

「果然。艾米莉亞剛才跟我說，她只是你的隨從。明明當你的戀人就好了，她卻堅持這一點，真不可思議。」

能跟我在一起她固然高興，但艾米莉亞似乎打算繼續維持隨從的身分。

她對其他人也是這麼說的，我猜可能是受到媽媽的影響。媽媽不只將技術傳授給她，也教了她侍奉主人的喜悅。

「我……總有一天是不是也能成為你的戀人呢。」

莉絲不小心將腦中所想說出來，急忙遮住嘴巴，可惜我聽得清清楚楚。

她跟艾米莉亞有點不同，像一般的少女一樣愛著我。因此儘管艾米莉亞一直在前面拉著她跑，莉絲依然慢慢培育心中的愛苗……現在的狀況卻讓她著急起來。

照理說，我應該裝作沒聽見，不過趁現在跟她講清楚或許比較好。

「這問題我也問過艾米莉亞，妳真的要跟我在一起嗎？」

「……不然我才不會在你身邊待這麼久。」

「我很高興。我也喜歡——」

「等等。」

本想將心意傳達給她，莉絲卻搖頭打斷我說話。

「我非常開心，也想立刻聽你說出那句話，可是今天我希望你只看著艾米莉亞一個人。因為她講過好幾次的夢想終於實現了……好不好？」

莉絲露出衷心祝福摯友的聖女笑容。

她總是說自己不是聖女，但就我看來，以她的包容力與溫柔的心，冠上聖女之名一點都不奇怪。

仔細一想，用那種「既然跟艾米莉亞在一起了，那莉絲也順便吧」的感覺向她告白確實很失禮。

今天就聽莉絲的話，將這句話收回去吧。

「而且……光臉頰我就不行了，要更進一步實在……」

莉絲面紅耳赤地低下頭，可能是想到自己在洞窟親了我的臉頰。

當時她說那是給我的祝福，相當積極，然而對她而言，那似乎就是極限的樣子。

「知道了。照自己的步調慢慢來就好，我會一直等妳。」

「啊嗚嗚……嗯、嗯。再等我一下。」

等太久的話，我也會考慮主動進攻，不過現在先這樣好了。

這次，莉絲不是抓我袖子，而是握住我的手，紅著臉對我微笑，我也以笑容回應。

夕陽西斜之時，姊弟倆終於刻完所有人的名字。

巨大墓碑上刻了將近一百個名字，虧他們想得起來。其實這也沒什麼好奇怪的，畢竟銀狼族是同伴意識強烈的種族。

「最後由妳來刻吧。」

「姊姊，給妳。」

「嗯。」

最後……艾米莉亞親手刻下一行字，大功告成。

我們供上剛才煮好的料理，在墓前哀悼，祭拜亡者。

時間靜靜流逝，我在心中對兩人的父母發誓。

我會負起責任，讓你們重要的孩子得到幸福。

接著，我睜開眼睛，姊弟倆和加布站起來，向我低下頭。

「這樣我終於能向前邁進了。託你的福，我不僅與孫子重逢，還為大家立了墓碑。真的很感謝你。」

「謝謝您，天狼星少爺。」

「謝謝大哥！」

看著面帶笑容的一家人，我總算有種事情全都辦完的感覺。

艾米莉亞最後刻的那行字是……

『我們誠心祈禱家人們能夠安息……最後的倖存者上。』

之後，我們在那裡待到加布的傷勢徹底痊癒。

照理說，骨折應該要靜養半個月，但加布有我的再生能力活性化幫助治療，再加上他本來恢復力就高，兩天就差不多了。

我叫他千萬不可以勉強，加布卻隔天就跟雷烏斯一起訓練，艾米莉亞知道後，逼加布跪坐在面前訓話。

順帶一提，艾米莉亞狀況絕佳，對我的過度服務持續了好一陣子。

她還是一樣會搶著餵我吃東西，不讓我自己來。她的好意我很感激，但這樣下去我可能會變廢人，因此我費了九牛二虎之力，終於成功說服她。想不到光是說服就花了好幾天時間。

至於其他變化，大概就是鑽進我床鋪的頻率比以前更高了吧。不過她很懂得節制，只有抱著我的手臂睡覺而已。

住在這裡的數日間，我們一下收拾環境，一下製作緊急糧食，悠閒度日。

等加布康復後，大家最後又去墓前祭拜了一次，離開部落。

我們沿著同一條路回去，花了好幾天回到馬車的藏匿處……與加布分別的時刻來臨。

我有邀請他跟我們一起去旅行，可惜加布因為有徒弟及同胞在等他回去，沒有答應。其實他好像想跟孫子在一起，不過他私下告訴我，這樣並不是真正為那兩個人好。

於是……回到街道上的我們，跟加布相對而視。

是加布決定在這邊道別的，不然我本來想直接送他回部落。

從這邊往北方走，似乎可以抵達一座有鬥技場的大城市，加布說送他回去的話得多繞一段路，婉拒了我。應該也是因為拖得越久，會更捨不得離開吧。

除去心中的疙瘩後，孫子在加布眼中似乎變得異常可愛。他徹底淪陷了，跟某位笨爺爺一樣。

「是時候道別了，在那之前，我得向你們道歉。」

「道歉？為啥？」

「對呀。爺爺做了什麼嗎？」

「直到為菲利歐斯報仇前，我都對你們毫不關心。而且身為長輩，還被你們看見那麼窩囊的模樣。」

兩人一頭霧水，聽完加布的懺悔後，笑著握住他的手。

「沒關係的。我們知道爺爺很溫柔。」

「對啊。就因為是一家人，才會讓我們看到那個樣子。而且這次最窩囊的是姊——嗚!?」

「雷烏斯……之後我們好好聊一聊。總之，爺爺不需要道歉。」

「……我很幸福，擁有這麼優秀的孫子。再讓我多看幾眼。」

加布微微彎腰，看著姊弟倆的臉，眯起眼睛。

「雖然只有短短幾天，這段旅程很愉快。拿去，這是我的餞別禮。」

「爺爺，這是……」

「爸爸的……」

加布卸下手甲，將它和這幾天擦得閃閃發亮的菲利歐斯的手甲交給雷烏斯。

「要活用我教的招式，得保護好拳頭。這樣就不會妨礙你用劍了吧？」

雖然加布把它拿來當成攻擊時保護拳頭的道具，手甲原本就是防具，戴著它揮劍也不成問題。

這副手甲用了很久，上頭有些磨損，儘管如此，這麼高級的裝備隨便估計都超過一百枚金幣，加布卻毫不猶豫送給雷烏斯。

「以你現在的實力，應該可以駕馭它。別客氣，收下吧。」

「爺爺……」

雷烏斯感受到家人的心意，鄭重地接過手甲，立刻裝備上去。

尺寸好像有點大，不過調整一下就好。而且雷烏斯還在成長，再過一段時間就會剛剛好了吧。

雷烏斯墊東西進去，確認不會妨礙動作後，開心地揮了好幾下拳。

「嘿嘿……謝謝爺爺。那姊姊沒有餞別禮嗎？」

「呣？說得也是，但我沒有適合送她的東西。」

「爺爺不用勉強。那……可以請你蹲下來一點嗎？」

「這樣嗎？」

艾米莉亞抱住稍微蹲下的加布，輕咬他的肩膀。

「只要有爺爺在就夠了。所以直到下次見面前，請你保重身體唷。」

「嗯……是啊，我得看你們長得更大才行。要活久一點啊……」

「我也是，爺爺！」

雷烏斯也撲過去咬他肩膀，加布閉上眼睛，沉浸在幸福中。

他一副隨時會哭出來的模樣，最後好不容易忍住，摸摸兩姊弟的頭，轉過身去。

「天狼星，莉絲，我的孫子……就拜託你們了。」

「嗯，交給我吧。」

「請放心。因為我們是一家人。」

「嗯。還有……艾米莉亞。」

「啊……」

「雷烏斯……」

「爺爺？」

「……保重。」

最後，加布第一次叫了兩人的名字，頭也不回地離去。

我們站在原地目送他，直到看不見他的背影才坐馬車前往下個目的地。

北斗拉的馬車，載著坐在裡面擦拭手甲的雷烏斯、坐在駕駛座旁邊抱著我手臂的艾米莉亞，以及坐在另一邊小心翼翼地牽著我的手的莉絲。

目的地是有鬥技場的城市，根據我事前聽說的情報，如果是想增廣見聞，去一趟似乎不會有損失。

就這樣……我們跨越一堵高牆，重新踏上旅途。

——加布——

艾米莉亞與雷烏斯。

我的孫子強到會令我想起菲利歐斯，也可愛到配我這個爺爺太過可惜。

和孫子孫女分開固然令人寂寞，上了年紀的我跟他們在一起，也不會對那些孩子有好處。

而且他們倆有天狼星陪伴，更重要的是，北斗大人也在。

既然有遠比我可靠的存在跟著他們，自然不需要我同行。因此我才能放心送他們離開。

我一面心想「下次見面時，說不定可以看見曾孫呢」，走回自己的部落。

花了好幾天回到故鄉後，大家看到我平安無事都很高興。

我告訴他們兒子的仇已經報了，還立了墓碑祭拜大家，所有人都笑著感謝我。

我再度感受到，我的歸屬果然是這個地方。

離開這裡才過了幾天，部落沒什麼——不對，有一個變化。

那幾個孩子住在這的時候，北斗大人經常睡在我家旁邊，現在那裡多出一尊北斗大人的石像。

我深感榮幸，可是偶爾會有人供奉食物在石像前面，處理起來有點麻煩。

幾天後……部落發生一起事件。

「加布先生，糟糕了！阿庫拉他！」

那一天，我陪徒弟訓練時，吉里亞匆匆忙忙跑過來。

阿庫拉是我徒弟中年紀最小的少年，在一年前左右失去父親。

他跟父母一起去採野菜時遇到魔物，父親犧牲性命保護了兒子。

阿庫拉與活下來的母親非常傷心，他覺得是自己害父親死掉的，相當悲憤，年紀輕輕就拜我為師。

我屈服於他的熱情，把他當成大人對待，認真鍛鍊他，然而……

「阿庫拉是……詛咒之子！」

聽說詛咒之子一輩子都未必遇得到一個，想不到我竟然遇到了兩個……不對，是三個。

我急忙趕到現場，變成詛咒之子的阿庫拉哭著蹲在地上，我一靠近就突然攻擊我。

詛咒之子能夠發揮異常的力量，但阿庫拉還是個孩子，動作拙劣，想讓他失去戰鬥力並不難。

我低頭看著倒在地上的阿庫拉，環視周遭。

大家……都很悲傷，尤其是阿庫拉的母親，哭著不斷呼喚孩子的名字。丈夫留下他們離開人世，唯一的兒子又要因為族規被處死，她的傷痛無法估量。

阿庫拉吃了我一拳，動彈不得，害怕地抬頭看著我。

「不要……我不想死……我不想死……」

我看著淚流滿面、抓著地面努力試圖逃跑的阿庫拉，這時村長走過來拍拍我的肩膀。

「加布先生……之後由我來吧。這是村長的職責。」

「不……讓我來。」

我扶起阿庫拉，看著他被泥土與淚水弄髒的臉。

「不要……我死掉的話……媽媽就只剩下一個人了。」

「你想保護媽媽對不對？」

「都是因為我……爸爸才會死掉！所以……我要……代替爸爸……保護媽媽……」

「是嗎？那麼……你就由我扶養吧。」

然後……我抱緊變成詛咒之子的阿庫拉，撫摸他的背安撫他。

其他人看見我這麼做，為之騷動，我便向他們說明孫子雷烏斯是詛咒之子的事實。

還告訴他們天狼星知道詛咒之子的力量可以控制，一路這麼鍛鍊雷烏斯。

眾人的反應……並不壞。

天狼星教了大家各式各樣的知識，得到他們的信賴，再加上雷烏斯身為詛咒之子，笑容卻如此天真無邪，他們反而覺得我說的更有道理。

「所以，我來扶養阿庫拉。假如他再次失控……我會負起責任了結他。」

沒有人……反對。

礙於族規，過去大家只能坐視詛咒之子被處死，不過明白我的覺悟後，每個人都默許了。

本來就沒人想殺死同胞。也許這會是個改變的好機會。

當時天狼星問我對詛咒之子有何看法，我從跟他的對話中理解了一件事。

我缺少的是……引導弟子走向正途，以及接受一切的覺悟。

「然而，規定是不能違背的……」

以身分及立場而言不方便贊成我，因此村長提出異議。我想起孫子對我說過的話，抱緊面前小小的生命。

「別擔心。我們怎麼能被這種沒意義的規定牽著鼻子走。」

我笑著講出了這句話。

《終章》

與加布分別的數日後。

我們坐馬車前往下一座城市，在森林中的道路上前進。

這條路似乎滿多人經過的，整頓得很仔細。四周都是森林，照理說應該要警戒盜賊或魔物，但我們有北斗在，幾乎不可能遇襲。

穿過森林應該就能看見我們的目的地「加拉夫」。

我坐在駕駛座，心不在焉地思考今後的行程，在車裡擦手甲的雷烏斯問我：

「大哥，接下來要去的地方有鬥技場，如果有辦比賽，你會參加嗎？」

「不，沒那個打算。」

「以天狼星前輩的實力，應該可以拿個冠軍的說。」

「觀戰倒是有想過，因為我在上一個城市聽說那裡最近要辦大規模的比賽。」

記得是叫「武鬥祭」，一年才舉辦一次的知名武鬥大會。

冠軍會得到高額的獎金及名聲，可是對現在的我來說，兩者都不需要，再加上我們本來就因為北斗，格外引人注目，沒有特殊理由的話，我想盡量避免引起注意。

坐在旁邊的艾米莉亞感覺到我毫無幹勁，一隻手扶著臉頰，喃喃說道：

「真可惜。我還想說這是個讓大家知道天狼星少爺有多厲害的絕佳機會……」

「妳還是老樣子。在鬥技場戰鬥有學校的經驗就夠了，所以我不會參加。」

雖然他給人的印象主要是喜歡吃蛋糕，我可是跟人稱最強魔法師的羅德威爾大戰了一場，短期內不想在鬥技場之類的地方戰鬥。

「大哥，我想參加看看……可以嗎？」

「想參加就去參加啊，不用管我。跟各式各樣的人切磋，也會是不錯的經驗。」

「真的嗎！好——！」

他應該是想測試自己的實力。

雷烏斯擦拭完從家族手中繼承下來的手甲，將它戴到手上，露出燦爛笑容。

「雷烏斯，身為天狼星少爺的徒弟，要參加的話請你拿出與這個身分相應的成果。」

「我會幫你加油的。」

「嗯！」

就這樣，之後的計畫決定好了，不過抵達加拉夫後，我還有件事想做。

「既然有鬥技場，那座城市的公會應該也滿大的，我想在那邊提升冒險者等級，升上中級冒險者。」

「也是，我們還是初級呢。」

「櫃檯姊姊常被搞得很頭痛。」

在艾琉席恩的時候，儘管成為了冒險者，我們畢竟還是小孩，外表跟實力完全對不上。因此接待人員經常猶豫該怎麼辦，偶爾也會有委託人看不起我們。

她抱怨過好幾次，叫我們快點升上中級，當時因為沒那個必要，我們的等級始終停留在初級。

想起這些回憶，我不禁苦笑，這時艾米莉亞好像想到什麼，正經八百地看過來。

「天狼星少爺，提到那位女性，我想起來了……」

「……怎麼了？」

我有股不好的預感，可是就算試圖扯開話題，大概也沒辦法蒙混過關，因此我面向艾米莉亞，催促她繼續說。

「在我的故鄉打倒羅帝亞龍的那一天，你說了一句非常令我在意的話。」

「我說了什麼？」

大概是我們互相告白的那時候。

但我不記得講過什麼足以讓她露出這種表情的話。

「您說您被妖精族的女性追求過……我想知道得更詳細一點。」

「啊……」

是我遇到的妖精……菲亞嗎？

之前艾米莉亞因為與我成為戀人，高興得一時忘記了，現在她終於冷靜下來，才想起這件事。

經她這麼一提，我之前只對大家說過跟菲亞是朋友。

「請問這是怎麼一回事呢？麻煩您說明。」

我認為……這並不是在嫉妒。

一夫多妻在這個世界還算普遍，艾米莉亞也表示不在乎我的伴侶有多少人。

我猜她是在以隨從的身分，警戒認識主人的不明女性。

媽媽好像教過她，未來極有可能會出現不是基於愛情、而是想利用我的力量才接近我的女性。簡單地說，她是想避免我中美人計。

相對的，對於自己認同的女性或主人的同伴，艾米莉亞態度就會很寬容。莉絲正是個好例子。

「我也很好奇……」

至於莉絲，興趣與嫉妒差不多各占一半。

我跟菲亞的關係有點難解釋，因此我打算等與她重逢後再說，結果忘得一乾二淨。既然和艾米莉亞交往了，是該開誠布公沒錯。

我有種丈夫劈腿被抓到的感覺，正準備要向大家重新解釋我跟菲亞的相識過程……馬車突然停了下來。

「怎麼了，北斗？」

「……嗷！」

我望向北斗，牠停下腳步，耳朵跟鼻子動來動去，好像有什麼東西正靠近這裡。

我立刻發動「探查」，調查四周的反應……

「……怎麼回事？」

「大哥，是敵人嗎⁉」

「嗚嗚……怎麼在這種時機出現。既然如此，趕快解決掉吧。」

「可是精靈沒在警戒耶？」

「探查」偵測到的反應是人型，令人驚訝的是，那人正在天上飛。

跟北斗和我不一樣，不是拿其他東西當踏臺，而是如同一隻鳥似的於空中翱翔，像陣風般穿過林木之間，逐漸逼近。

本來應該要提高警戒，我卻對這個反應有印象。

雖然不知道她為何會在這裡，我先叫其他人不用戒備……接著那人便如字面上的意思，從空中降落。

「終於找到你了！」

經過將近十年，她的美貌依然沒變，甩著一頭彷彿綻放光芒的綠色長髮，往我身上抱過來……

「……菲亞？」

「天狼星，我好想你喔！」

——是我轉生到這個世界後交到的第一位友人，還跟我告白、承諾將來要和我在一起的妖精族女性……菲亞。

番外篇《覺悟與愛意》

跟兩姊弟的祖父加布切磋過，在銀狼族部落度過的第二天。

我們之後要前往艾米莉亞和雷烏斯的故鄉，然而他們倆從來沒離開過部落，當時又是急忙逃出來，根本不知道故鄉的位置。

因此我想請其他銀狼族幫忙帶路，最適合的果然是他們的家人加布。

加布在我們交手前也叫我輸了要帶他去，我打算今天來邀請他，便叫住吃完早餐準備出門的加布。

「你要去打獵嗎？」

「不，糧食的存量還很夠，我只是要去外面動動身子。」

他平常就會狩獵魔物當成訓練，再加上還有給北斗的供品，糧食當然足夠。現在他似乎想以去森林鍛鍊為優先。

不會為了訓練而亂殺魔物這一點，跟那個變態爺爺判若雲泥。

「我可以跟去嗎？」

「……隨便。」

「那我也要去！」

「請讓我同行。」

「那我也去好了。」

結果大家都決定跟去，走出家門時，今天也有銀狼族在北斗前面膜拜牠。

祈求健康的人、祈求豐收的人，以及……

「北斗大人，請您祝福這孩子。」

「嗷！」

「艾米莉亞，妳看，是小寶寶耶。」

帶著剛出生沒多久的小嬰兒，向百狼祈求祝福的母親。

我們靜靜看著北斗用前腳溫柔觸碰眼睛都還沒睜開的嬰兒，授予祝福。

即使年紀這麼小，果然還是會受到銀狼族的本能影響吧？

因為被北斗這個壓倒性的存在摸頭，嬰兒也沒有醒來，安靜地睡著。

祝福完嬰兒後，心滿意足的銀狼族女性發現我們，走了過來。

「加布先生，各位，早安。」

「嗯，早。孩子順利得到百狼大人的祝福了啊。」

「是的，這孩子想必會成為優秀的戰士。像您的孫子那樣。」

「……哼。」

不只我們，其他銀狼族也很在意姊弟倆跟加布的關係。

這位女性故意調侃他，發現艾米莉亞和莉絲緊盯著嬰兒看，笑著將嬰兒抱給她們。

「要不要抱抱看？」

「可、可以嗎？」

「當然囉。而且妳們總有一天得抱自己的孩子，得趁現在練習才行。」

「請一定要讓我們抱抱看！」

先由莉絲開始抱。

她帶著滿面笑容，慎重地抱過嬰兒，整個表情都鬆懈下來。

「唉……好可愛喔。」

「真的，這麼小一個……自然會想保護他。」

艾米莉亞看著嬰兒，神情有點憂鬱，八成是想起自己的父母，不過從莉絲手中抱過嬰兒後，她臉上的陰霾就消失了。

「呵呵，好可愛。」

她慈祥的笑容宛如一位母親，令我看得出神。

「總有一天，我也會用這雙手抱到天狼星少爺的孩子……」

「呵呵，艾米莉亞已經有命中註定的人啦。這樣加布先生也能放心了吧？」

「……跟我沒關係。」

「真是的，你怎麼這麼不坦率。」

這就是所謂的「母親的力量」嗎？

她毫不畏懼加布銳利的目光，照樣調侃他。

來到這個部落後，我發現銀狼族的女性整體上來說，大多都是剛強、大膽的類型。

艾米莉亞也一樣，隨從狀態的她雖然總是客客氣氣，向我撒嬌的時候就挺大膽的。

被嬰兒治癒過後，我們和加布一起外出訓練，然後再走路回家。

本想請他之後帶我們去姊弟倆的故鄉，加布卻埋頭於訓練中，沒機會找他說話。也許是因為輸給了我，他很不甘心吧。

算了，反正不需要急，吃午餐的時候再說好了——我邊想邊望向加布家……

「加布先生，您辛苦了！不好意思這麼突然，我想麻煩您一件事！」

一名銀狼族青年站在門前，堵在我們前面深深一鞠躬。

事發突然，導致我們愣了一下，加布卻早已習慣的樣子，嘆著氣問：

「是凱林啊。到底有什麼事？」

「是！請讓我跟他……跟天狼星決鬥！」

「……你說什麼？」

我不僅救了兩姊弟，還救了他們的同胞，是銀狼族的恩人，再加上打倒了部落最強的加布，目前沒人來找我挑戰過。

因此，這位叫做凱林的青年要求與我對決，我一方面覺得稀奇，一方面又覺得怪怪的。

他感覺不像加布那樣，是為了鍛鍊自我，或是想測試實力才來找我切磋。

「凱林啊，這話你該去跟他本人說，而不是來找我。而且，你不覺得應該先說說理由？」

「對、對喔！其實……」

年紀……比我們大一點吧？

總之是名看起來爽朗率直的少年，我好像在哪看過他，而且還是最近的事。

我努力思考，發現凱林熱情地凝視艾米莉亞，瞬間想了起來。

那雙眼睛是……

『還有一點，把艾米莉亞留下。我要她跟那個人結婚。』

「……原來如此。是那個時候加布提到的男人。」

是我們開打前，加布要艾米莉亞跟他結婚的青年。

突然被指名的青年起初相當驚訝，之後逐漸被艾米莉亞的美貌迷住，用現在這種眼神看她。

不過我跟加布分出勝負後，他什麼話都沒說就走了，本以為是看到艾米莉亞一心向著我，放棄了這段戀情，結果……

「我……真的愛上了艾米莉亞小姐。所以我想跟天狼星決鬥，讓她看我一眼！」

他還是無法放棄。

我重新審視他一番，凱林在這個部落的銀狼族中，屬於長得非常好看的男人。看他的站姿及強壯的身體，相信這人有一定的實力。

儘管有那麼一點煩，他對人彬彬有禮，是個認真樸實的青年。

這只是我自己的見解，但凱林可是希望艾米莉亞得到幸福的加布指名的對象，肯定是好男人。

我將視線移向凱林身後，一名銀狼族女性正躲在樹後面偷看，疑似暗戀他的人。

凱林感覺是個不會丟下女性不管的好青年，不過，這次我衷心認為你還是放棄比較好。

明知對方有意中人，還敢採取行動的勇氣與毅力，我個人滿欣賞的，可是……

「艾米莉亞小姐，請看看我的英——」

「我拒絕。」

「姊姊是大哥的！敢礙事的話，我來做你的對手！」

艾米莉亞——不對，這對姊弟非常難搞定。

不等對方講完話就一口拒絕的艾米莉亞，以及已經進入備戰狀態的雷烏斯。

在艾琉席恩念書時，有各式各樣的人跟艾米莉亞告白，卻沒人攻得破這對姊弟的銅牆鐵壁。

「原來如此……得先讓弟弟雷烏斯承認才行！」

「怎樣？要打架嗎！」

「我們先比比力氣吧！」

「來啊！」

然而，凱林比想像中更堅持。

暫且不論他們無視艾米莉亞本人，開始推來推去比誰力氣大這一點，總之凱林就是不肯放棄。

我在這個部落是外人，因此我找加布商量該如何是好，他無奈地嘆了口氣。

「凱林實力堅強，是未來的村長候補……可惜如你所見，個性太直是個大問題。」

「請問我該怎麼做比較好？」

「你不介意的話，可以跟他打一場嗎？這樣這傢伙也會冷靜一點吧。」
聽說銀狼族的女性不只會被強大的男人吸引，心靈堅強的男人也會。
「挺行的嘛！不過，你以為這種程度就贏得了大哥？」
「總不能沒打過就放棄吧！我要讓艾米莉亞小姐看看我的英姿。」
也就是說，他以為只要展現出絕不屈服的堅強意志，說不定就能吸引艾米莉亞。即使可能性微乎其微，他就是不想坐以待斃。
我覺得糟蹋他的決心太可惜，所以……
「我明白了。那麼就來比一場吧。」

於是，我跟凱林在跟加布對戰的同一地點對峙。
消息很快就在部落裡傳開，村民紛紛中斷工作，前來觀戰。除了外出打獵的，整個部落的人應該都到齊了。
手巧的村民還當場做了張像王座的椅子，讓艾米莉亞坐在上頭。
「正是所謂『兩男爭一女』的感覺呢。身為女方，妳不覺得有點開心嗎？」
「啊啊……這是天狼星少爺認為我是他的人的證據。對隨從而言，沒有比這更高興的事。」
「我開始憐憫凱林先生了……」

她們離得有點遠，我聽不太清楚對話內容，只看見莉絲不知為何神情憂傷。我將視線從她身上移向凱林，他戴上用魔物的素材做的手甲，擺好架式對我宣言：

「我知道你很強，但我不想放棄，更重要的是我的心不會輸給任何人！」

「心嗎……心確實很重要。」

「當然，我也不打算輸給你！接招吧！」

凱林一口氣衝過來，對我揮拳，我直接用雙手抵禦攻擊。

即使用「增幅」強化身體，依然無法完全接下這一拳，雙腳陷進地面，退了一大段距離，不過還是勉強承受住了。

「唔!?還沒完呢！」

凱林大吃一驚，在收拳的同時揮出另一隻拳頭，我再度用手掌接住。

兩次攻擊都被化解，他終於發現不對勁，暫時拉開距離，生起氣來。

「唔!?你看不起我嗎！強到能跟加布先生過招的你，為何故意接住我的攻擊！」

「……只有這點程度嗎？」

「什、什麼東西？」

「你對艾米莉亞的心意，只有這點程度嗎？」

「怎麼可能！而且這跟你接住我的攻擊有什麼關——」

「當然有關係。你的拳頭是想著艾米莉亞揮出的，閃掉太失禮了吧？」

若是平常的我，可能會閃開或擋掉，但心繫艾米莉亞的這男人的拳頭，必須好好接住。

而且這次的對決不是憑實力分勝負，是要看對艾米莉亞的心意。

正因為對手是認真的，我也決定正面迎擊。

「還有不好意思，艾米莉亞是我很重要的存在。為了回應那孩子的心意及願望，我不能輸。」

艾米莉亞在對銀狼族而言重要萬分的儀式「銀月之誓」上，發誓到死都會陪在我身邊。

這樣的她是我可愛的徒弟，由於我一直陪伴她成長，她對我來說是女兒般的存在……不過現在我們都長大了，我將她視為一名女性般喜歡。

所以，我也想讓艾米莉亞看看我的覺悟。

凱林被我說的話及氣勢嚇到，可是他看了艾米莉亞一眼就鎮定下來，神情恢復冷靜，再度舉起拳頭。

「原來如此，難怪艾米莉亞小姐那麼敬愛你。但我也無法放棄她！」

「很好，如果你真心愛著艾米莉亞就不要客氣。若你的心意不足以令我屈服，是無法傳達給她的喔？」

「唔喔喔喔喔喔喔——！」

他重新衝向我，發出響徹部落的吶喊，擊出比剛才更加迅速有力的一拳。

為了回應他，我也發動「增幅」將體能提升到極限，接住他的拳頭。

「唔!?比想像中更沉重。」

「還沒結束啊啊啊——！」

我在空中轉了一圈，用雙腳著地，凱林衝過來出拳追擊，我立刻雙手交叉於身前防禦。

明明把「增幅」都用在強化防禦力上了，這一拳力道卻大到足以使我手臂發麻。儘管如此，我仍然沒有反擊，忍著疼痛持續抵擋凱林的猛攻。

接下超過十拳後，凱林暫時遠離我，調整呼吸。

「呼……呼……為什麼……不攻擊？」

「我當然會攻擊。只不過，這招我第一次用，需要花點時間集中魔力。」

凱林似乎無法接受只有他一直進攻，知道我要發動攻擊，調整好呼吸後擺出防禦的架式。

然而，我那句話好像讓他聽得不是很開心，面露不悅。

「第一次用……？在這種狀況下，虧你會想用從來沒用過的招式。」

「別這麼說，這可是你們也很熟悉的招式喔？」

我將龐大的魔力集中於拳頭上，放在腰際，下半身微微蹲低，單腳後退半步，擺出類似要擊出直拳的姿勢。將全部灌注在一擊上的這一招是……

「那個……該不會是!?」

「是爺爺的招式！」

是加布之前用過的「銀色之牙」。

凱林和雷烏斯驚呼出聲的同時，我模仿加布的動作，踩裂地面向前直衝。

凝聚了我所有力量的拳頭，擊中凱林的手臂，把他轟得遠遠的，彷彿炸彈直接在面前引爆。

他撞斷好幾棵樹才終於停下，仰躺在地，一動也不動。

「大哥好厲害！你什麼時候學會爺爺那招的！」

「……不對。是很像沒錯，不過那跟我的招式並不一樣。」

如創始者加布所說，我剛才用的招式確實跟「銀色之牙」有些許差異。

加布只是像長槍突刺似的，用渾身的力量往對手身上毆打，我則是在拳頭命中的同時發動「衝擊」，給予對手拳頭與魔法的雙重衝擊。

至於為什麼我改成這樣施展，其實原本的做法對身體造成的負擔太大，若沒有銀狼族特有的強壯身軀，骨頭可能會先碎掉。

因此，「銀色之牙」在我的改良下變成負擔較輕的招式，或許該改叫「雙重之牙」比較適合。

「唔……我還……能打。還可以……」

「你還保有意識值得誇獎，但我勸你不要動比較好。」

我這招還用上了名為「破甲」的技術，可以突破防禦，讓衝擊傳達到內部。

也就是說，就算擊中擋在胸前的手臂，「衝擊」也能直接傳達到胸口，凱林的心窩應該受到相當大的傷害。

就算這樣，他還是咬緊牙關，試著站起來。

這股毅力真的很了不起，可是我也不能放棄，重新擺好架式。就在這時，坐在椅子上的艾米莉亞起身走向凱林。

「艾米莉亞……小姐？」

「別再打了。你的……凱林先生的心意，我都感受到了。」

「真、真的嗎!?」

「不過……對不起。我無法回應你。」

跟剛才冷靜的拒絕不同，這次艾米莉亞愧疚地深深低下頭，拒絕了他。

說起來，艾米莉亞之所以態度那麼冷淡，是因為至今以來有那麼多人跟她告白，卻從來沒人堅持到最後。

大部分的人看她拒絕就放棄了，不然就是被雷烏斯瞪，嚇得落荒而逃。

正因為知道凱林是真心誠意，艾米莉亞也認真回應對方。

「我是發誓要效忠於天狼星少爺的隨從。因此，我不可能跟其他人在一起。」

「隨從……？」

「是的。我已經對銀月發過誓，要永遠服侍天狼星少爺。」

「是嗎。對銀月……」

這句話非常有效，對銀狼族來說，銀月之誓果然很重要。

「那妳身為女孩子的幸福怎麼辦？我不知道隨從是要幹麼的，但我明白這跟結為夫妻不同。隨從與主人的關係，能夠讓妳像今天早上那樣抱到自己的小孩嗎？」

「這個……我不知道，可是我一點都不介意。只要能待在天狼星少爺身邊，不用結婚也沒關係。」

凱林跑來跟她告白的契機，推測是早上艾米莉亞抱嬰兒時露出的笑容，讓他重新墜入愛河。

然而，看見艾米莉亞不帶一絲後悔的微笑，凱林似乎發現自己沒勝算了。

「……我懂了。既然妳的決心這麼堅定，我放棄。」

「對不起。」

「不，妳不需要道歉。祝妳幸福……」

艾米莉亞沒再多說什麼，來到我旁邊，大概是覺得繼續說下去只會給他難堪。

她看著間接聽見她告白的我，彷彿在等待回應，我卻摸摸她的頭蒙混過去。

起初艾米莉亞顯得有點失望，不過摸著摸著就舒服起來了，跟平常一樣開始搖尾巴。

我不是沒打算回應艾米莉亞，但現在還不是時候。

等她克服過去的心靈創傷，我才會接受那孩子。

我將這份心意藏在心裡，不停撫摸艾米莉亞。

這時，凱林勉強恢復到可以坐起上半身，雷烏斯與加布走了過去。

「凱林，你沒事吧？」

「……沒事。不過，我今天已經不想動了。」

「這樣啊。那就別勉強……」

「別這樣說啦，等等來跟我對戰吧！」

「你在說什麼呀!?」

雷烏斯突然對遍體鱗傷的凱林宣戰，莉絲急忙跑過去。

他完全沒有多想，坐到凱林面前露出一如往常的天真笑容。

「心情不好的時候，最好動動身體發洩一下。所以跟我認真打一場吧！」

雖然他毫不顧慮對方的感受，某種意義上來說，這句話說得也沒錯。

媽媽去世的時候，我叫悲傷不堪的雷烏斯和諾艾兒用盡全力奔跑，把自己的鬱悶吼出來，盡情發洩。

然而，凱林才剛被艾米莉亞甩掉，這對他來說未免太過分了，所以我以為他會拒絕雷烏斯，沒想到……

「也是……你說得沒錯。我一直對她念念不忘的話，不只艾米莉亞小姐，大家也會擔心。」

也許是因為剛才比過力氣，肯定了彼此吧，他們自然而然成為朋友。

凱林察覺到朋友的體貼，微笑著點頭。有如此正向的思考及強韌的精神力，確實夠格當下任村長。

「可是現在真的沒辦法。全身都在痛，雙手也麻麻的，沒辦法動。」

「放心，這點傷一下就治得好。對不對，莉絲姊？」

「唉……要我幫忙治療是可以，你們不可以打得太認真喔。」

莉絲無奈地坐到凱林前面，集中魔力發動治療魔法。

「忍耐一下，我要用水包住傷口。」

「謝謝妳。光是有人幫忙治療就夠了。」

莉絲轉眼間就治療完畢，碰觸他的手臂及身體，檢查有沒有其他傷口。

剛才那一擊確實挺用力的，但我並沒有感覺到打斷骨頭的手感，凱林身上的異狀應該只有不停全力出拳導致的疲勞，以及嚴重的撞傷。

檢查完畢後，莉絲鬆了口氣，看來診斷結果如我所料。

「我想這樣就沒問題了，還有沒有其他地方會痛？」

「沒有，幾乎全身都不痛了。妳的魔法真厲害。」

「謝謝。之後只要好好休息就好，今天不可以再勉強自己囉？大家會擔心的。」

「!?」

最後，莉絲露出讓她在學校被叫做聖女的笑容，凱林瞬間僵住……

「妳……真是優秀的女性！不僅溫柔，連對我這個外人都能露出如此溫暖、慈祥的微笑。」

「……咦？」

「我記得妳是……莉絲小姐對吧？妳願意嫁給我嗎！」

「咦咦!?」

「等等！不准對莉絲姊出手！」

「原來如此，她是你的戀人對不對？那麼這次——」

「不對！莉絲姊也是大哥的！」

「什麼!?」

……對凱林的愧疚如今煙消雲散。

雖然這樣講對艾米莉亞有點失禮，簡單地說，凱林對母親般的慈祥笑容沒抵抗力。也可以說他容易迷上別人。

兩人不知為何又開始比力氣，莉絲好像也懶得阻止他們了，我們則傻眼地在一旁看著。

之後……凱林放棄莉絲，再度陷入消沉……

「凱林，適合你的女生很快就會出現的。打起精神……好不好？」

「露娜……我懂了。我真是個笨蛋，竟然現在才發現身邊就有這麼有魅力的女性。」

凱林發現前來安慰他的青梅竹馬對自己懷有愛意，於是兩人就在一起了。

隔天，我們要離開部落的時候……他們恩愛地牽著手目送我們。

該怎麼說呢……他對每位女性都是發自真心喜歡，絕對不是故意的，因此更顯得他個性有問題。

有種白跟他打了一架的感覺，不過……

「天狼星少爺堅持不把我讓給別人的英姿……是我一生的回憶。」

艾米莉亞十分滿足……所以就這樣吧。

我帶著複雜的心情，與加布一同前往兩姊弟的故鄉。

番外篇《銀狼族的英雄們》

那一天……某個部落面臨危機。

今天也過著和平生活的銀狼族部落，突然遭到大群魔物襲擊。

這是個小部落，沒多少戰士，不過每位戰士都本領高強，對一天到晚在森林裡狩獵魔物的銀狼族來說，區區魔物根本不算什麼……照理說是這樣。

「快點！讓孩子們逃出去！」

「我知道！可是魔物源源不絕……」

「該死，我這邊撐不住了！」

然而，魔物怎麼殺都殺不完，壓倒性的數量逐漸將銀狼族戰士逼入絕境。疲勞導致他們動作越來越遲鈍，銀狼族戰士一個接著一個……失去性命。

儘管如此，村長菲利歐斯依舊沒有放棄，努力擊退魔物，負責保護孩子的夥伴們卻帶來殘酷的消息。

「不行，菲利歐斯！部落被徹底包圍了！」

「四面八方都有魔物，沒辦法讓大家逃走。」

「那由你們開路！這邊我來擋住！」

「等等，怎麼能留你一個人……」

「別再說了，快走！我也會立刻追上去！」

同胞們意識到村長——朋友的覺悟，只得留下菲利歐斯離開。

孤軍奮戰的菲利歐斯大聲怒吼，吸引魔物的注意力，揮拳擊倒一隻又一隻魔物。

「我……不能死。怎麼可以留下老婆和兒子，一個人死去……」

他不想讓最珍視的艾米莉亞與雷烏斯，嘗到跟失去母親的自己一樣的滋味。

菲利歐斯懷著這樣的心情跟魔物纏鬥，就在這時，不該在這裡聽見的聲音忽然傳入耳中。

「爸爸！」

「艾米莉亞!?妳為什麼在這裡？」

回頭一看，跟夥伴一起逃走的愛女……艾米莉亞正跑向這邊。

一聽其他人說菲利歐斯獨自留下，她就忍不住趕回來了。

本來這麼做是相當危險的行為，這次卻救了她一命。

其實這個時候，試圖突破重圍的同胞們正受到比預料中更多的魔物攻擊，已經瀕臨全滅。

失敗的原因並不在於銀狼族的戰士太弱。

而是因為要邊保護非戰鬥人員邊戰鬥，戰士人數實在不足。即使菲利歐斯在場，八成也會落得同樣的結果。

無法得知其他人狀況的菲利歐斯，第一個念頭就是保護女兒，衝向艾米莉亞，同時也感應到背後有魔物接近。

「喝！」

他憑氣息判斷那並非一般的魔物，在轉身的瞬間使出父親教他的「銀色之牙」。

這一拳將體型遠比菲利歐斯龐大的魔物遠遠轟飛。

「成功了！」

「……怎麼回事？」

看見父親的英姿，艾米莉亞大聲歡呼，菲利歐斯卻察覺到手感不對。

魔物彷彿要證明他察覺到的異狀是正確的，若無其事地站起來，將他視為敵人，發出咆哮。

「嗚!?」

「艾米莉亞，到後面去。」

直覺比父親敏銳的菲利歐斯，發現剛才那一拳幾乎完全無效，但他又不能因此撤退。

原因除了抱著女兒不可能有辦法從牠手下逃掉外，萬一不小心把這隻魔物引到夥伴那邊，狀況只會更加惡化。

能將衝擊無效化、對現在的菲利歐斯來說最為棘手的魔物……羅帝亞龍。

即使如此，菲利歐斯依然勇敢地與之纏鬥……

之後……三名銀狼族晚了一步才看見部落的慘狀。

「這是……什麼情況!?」

三人中最為年長的女性，加布的青梅竹馬……阿格涅絲。

「怎麼可能!?為什麼會有這麼多魔物？」

村長菲利歐斯的摯友，經常跟他互相切磋的男人……奇德。

「爸爸！媽媽！大家！」

三人中年紀最小，才剛踏上戰士之路的十三歲少年……里特。

那一天，他們為了鍛鍊剛成為戰士的里特，前往比較遠的地方打獵，所以回來得比較晚。

他們在內心擔憂大家會不會罵他們太晚回來，走到可以俯瞰部落的高臺時……得知故鄉遭到襲擊。

煮飯的火燒到房子，被熊熊烈火照亮的部落裡全是魔物，銀狼族戰士們雖然七零八落的，還是奮力抗戰，最後接連倒下。

三人茫然地看著令人不敢相信的景象，阿格涅絲立刻回過神來，放聲大叫：

「你們兩個！沒空發呆了，快去找有沒有倖存的孩子！」

「說、說得對。說不定有人逃掉了。」

「可是，看那樣子已經……」

如里特所說，部落的狀況已經慘烈到怎麼想都不可能有倖存者。

「振作點，里特！有菲利歐斯在，大家不可能這麼簡單就被魔物殺掉！」

菲利歐斯是這個部落最強的戰士，比加布更有天分，既然有他在，大家怎麼可能死在區區魔物手下。

阿格涅絲相信同胞肯定找出了活路，正在逃離此地，準備從高臺上跳下來，里特忽然抓住她的手阻止她。

「阿格涅絲小姐！在那裡！」

里特大叫著指向森林，看見銀狼族少女抱著一名少年，在森林裡全速奔跑。

儘管有段距離，三人一眼就看出每天都會見面的少女少年是誰。

「那是……艾米莉亞跟雷烏斯!?」

「他們還活著嗎！」

「那……菲利歐斯先生和蕾娜小姐呢？」

「該不會……」

與加布年紀相當的阿格涅絲，從菲利歐斯還是嬰兒的時候就認識他。

對最愛的丈夫及兒子早逝的她而言，菲利歐斯是兒子般的存在。她之所以住在這個部落，也是因為擔心跟加布吵架的菲利歐斯。

因此，相當瞭解菲利歐斯的她，無法相信那個溺愛小孩的爸爸會讓孩子落單。

而且不僅菲利歐斯，母親蕾娜也怎麼找都找不到。

意思是……

「有強到足以打倒那孩子的魔物嗎……？」

「阿格涅絲小姐……」

「不……現在沒時間猶豫了。得由我們保護那兩個孩子。」

「沒錯。不過魔物那麼多，我看有困難。」

拚命逃跑的兩姊弟後方，有一群多到讓人絕望的魔物。

部落中僅次於菲利歐斯的強者，就是阿格涅絲和奇德，然而只憑他們兩個的話，別說防禦了，只會被魔物群吞噬，白白送上性命。

也就是說，就算趕去救人，很可能不但救不出姊弟倆，三人還會一起死在魔物手下。

然而……

「說這什麼話。你們兩個，要上了。」

「嗯！」

「是！」

他們毫不猶豫跳下高臺，衝向兩人。

明顯是魯莽之舉，也是讓住在這個部落的銀狼族血脈斷絕的行為。

照理說應該要想盡辦法活下來，將消息通知其他部落。

可是，他們不可能狠得下心對兩姊弟見死不救。

對重視夥伴、重視家族羈絆的銀狼族來說，拋下同胞比死更痛苦。

更重要的是，他們尊敬菲利歐斯，打從心底愛著他的小孩艾米莉亞與雷烏斯。

即使沒有血緣關係……

「鼓起幹勁來！絕對不可以讓我們的希望死去！」

為了守護心愛的孫子。

「嗯！怎麼能讓那兩個孩子比我們先死！」

為了守護友人的孩子。

「等我！哥哥馬上過去！」

為了守護妹妹與弟弟……他們毫不畏懼，奔向前方。

艾米莉亞拚命逃跑。

為了避免想起雙親死在面前的傷痛，為了保護雙親託付給她的雷烏斯，艾米莉亞只是不斷向前逃。

然而，就算是體能優秀的銀狼族，她畢竟還是小孩，跑得不快，再加上她還抱著基於防衛本能而失去意識的雷烏斯，不用多少時間就會被魔物追上吧。

狼型魔物從身後逼近艾米莉亞，張開嘴想要咬她的那一刻……

「喝！」

阿格涅絲和奇德從旁邊跳出來，揍飛魔物。

與此同時，好幾隻魔物跳出林木間，在兩人的攻擊下一隻隻減少。不過由於魔物源源不絕，他們無法靠近一直向前跑的艾米莉亞。

接著，速度較慢的里特也前來會合，詢問正在與魔物交戰的兩人：

「呼……呼……艾米莉亞和雷烏斯呢？」

「喝！在那邊。她平安逃走了。」

里特望向奇德手指的方向，看見艾米莉亞逐漸遠去的背影。

艾米莉亞並未回頭，似乎沒有發現他們三個。

由此可見她有多麼專注於逃跑，但里特無法理解兩人為何不叫住艾米莉亞，納悶地問：

「不追上去嗎？只要叫她一聲，艾米莉亞就會注意到我們……」

「這樣會害那孩子停下腳步吧？」

「不好意思，光應付這些就分身乏術了。現在無論如何都得讓那孩子自己逃離這裡。」

「那我們可以抱著他們一起逃……」

「可惜敵人的速度比較快。以我們這些人數，邊保護小孩邊逃更危險！」

不管由誰來抱他們，有兩個人騰不出手來，不可能甩得掉這些魔物。何況現在出現的還只有速度快的魔物，他們才有辦法憑兩人之力勉強抵擋攻勢。萬一魔物繼續增加，極有可能轉眼間就一命嗚呼。

「總之只要過了那條河，魔物應該就追不上了。」

「在艾米莉亞逃掉前，怎麼樣都要守住他們！」

那條河又寬、流速又快，不過上面架了銀狼族用圓木做的橋，就算是艾米莉亞也過得去。

「可是，橋還在不就沒意義了？」

「所以你一個人追上去！」

「趁我們擋住這群魔物的時候，你跟那兩個孩子一起過橋，再把橋破壞掉！」

「!?這樣的話……」

「廢話少說，快去！你想讓連這個部落都沒出過的孩子，獨自待在森林裡嗎？」

「我已經教過你在森林中的生存之術了。去吧！」

「……是！」

這時其他魔物開始現身，里特只得轉身跑走。

阿格涅絲與奇德只用眼角餘光目送他離去，再度揮拳毆飛緊逼而來的魔物。

「來吧！讓他們看看戰士的驕傲！」

「嗯！」

為了多爭取一些時間，兩位戰士賭上性命，迎擊魔物。

里特背負著兩人的決心追向艾米莉亞，卻無法立刻跟她會合。

「少來……礙事！」

因為偶爾會有幾隻漏網之魚從背後殺來，里特不得不處理牠們。

追過來的魔物頂多只有一、兩隻，他一個人也應付得了，但里特缺乏實戰經驗，非得停下腳步才能迎敵，導致他追不上艾米莉亞。

他逐漸著急起來，還覺得跟那兩個人不同，無法輕易打倒魔物的自己很沒用，不過……

「他們那麼努力。我得……保護好艾米莉亞跟雷烏斯。」

和身後的激戰比起來，自己的任務已經算輕鬆了——里特如此激勵自己。

雖然他們仍有沒攔截到的魔物，以從高臺看到的數量來看，有漏網之魚一點都不奇怪。不如說兩個人面對那麼大群的魔物還只有幾隻跑過來，已經堪稱奇蹟。

里特才剛擊退第三波魔物，戰況卻連調整呼吸的時間都不給他。

「糟糕!?」

一隻狼型魔物從前方不遠處的樹叢間跳出，衝向艾米莉亞。

里特立刻飛奔而出，可是，累積至今的疲勞害他的腳不聽使喚。

「不准……動我的妹妹跟弟弟！」

儘管沒有血緣關係，身為兩姊弟的大哥，里特還是拚命試圖保護他們，咬緊牙關拔足狂奔，用力一跳，成功抓住魔物的尾巴。

被激怒的魔物直接往里特身上咬下去，里特緊抓著手不放，不停對魔物又打又踢。

經過一番纏鬥，里特好不容易獲得勝利，卻付出慘痛的代價。

雙腳被魔物咬傷，連站起來都有難度。

「可惡……這麼一點傷……」

他爬著前進，後方卻又出現數隻魔物，彷彿上天在嘲笑他。

里特扶著旁邊的樹站起身，但他已經無法以萬全狀態應戰。

跑不動又失去戰鬥能力的少年，遲早會被魔物追上，不只那對姊弟，他自己也會有危險。

他只能眼睜睜看著艾米莉亞跑走，十分不甘心。

怎麼能就這樣結束。

里特努力思考行動不便的自己所能做到的事，突然想起阿格涅絲和奇德教他的知識。

「我還……有可以做的事！」

他想起把自己當成哥哥仰慕的兩姊弟的面容，大聲吼叫。

在森林裡大喊可以驅趕弱小的魔物，也可以把魔物引過來……這是他今天早上才學到的。

里特發現魔物正處於凶暴狀態，確信牠們會對巨大聲響有反應。他像在彰顯自己的存在般不停吼叫，成功將跑去追兩姊弟的魔物引過來。

這樣一來，魔物自然會聚集到他旁邊……

「銀狼族的戰士……絕不屈服。別以為輕輕鬆鬆就能吃掉我！」

將來……可能會向從妹妹長大成為美麗女性的艾米莉亞求婚的銀狼族年輕戰士……用絕對不會斷的高貴之牙，奮戰到最後。

究竟……打倒了多少隻魔物？

全身是傷、血流不止，還遵循本能與魔物戰鬥的阿格涅絲，已經連痛覺都麻痺了，扶著同樣遍體鱗傷的奇德在森林裡奔馳。

「振作點！現在死太早啦。」

「夠了……阿格涅絲姊，我……已經……」

「說什麼蠢話！至少要看到那些孩子平安逃離……不然我會死不瞑目。」

為了不讓魔物跑去攻擊姊弟倆及里特，兩人拚死奮鬥到現在，卻被魔物的數量逼得暫時撤退。

不……應該說是敗退吧。

尤其是要人扶著才有辦法走路的奇德，魔物的牙齒與爪子在他身上留下無數傷痕，導致他意識模糊。

「里特……沒事吧？」

「不知道。因為……有好幾隻跑過去了……」

以里特的實力，不可能敵得過這麼多魔物。

然而就算他們這麼努力，還是被不少隻魔物逃掉，不只姊弟倆，里特的安危也令人擔憂。

兩人循著姊弟倆的味道移動，在路上看到數具魔物屍體。

「這是……里特做的。」

「他的實戰經驗不多……還能做到這個地步……幹得漂亮。」

越往前，魔物的屍體就越多，因此他們心中逐漸燃起小小的希望之火。

里特說不定把那些魔物統統擊倒，平安與兩姊弟會合，現在已經過河把橋破壞掉了。

無奈，現實是殘酷的。

「……啊啊。」

「里特……」

他們發現里特靠在樹上，站著嚥下最後一口氣。

四周有好幾具魔物屍體，里特並沒有被吃掉，恐怕是將吸引來的魔物全數殲滅後，才耗盡力氣的。

「他……奮戰到了最後。」

「是啊。等他長大後，想必會是部落裡最強的戰士，可惜了。」

以大哥的身分，以戰士的身分堅持到底的里特，令他們感到十分驕傲。

只不過……又一條年輕的生命殞落了。

因此，兩人發自內心祈禱……

「你們兩個……要平安無事啊。」

阿格涅絲不斷為快要失去意識的奇德打氣，在地上拖出一道長長的血跡，追向兩姊弟。

他們穿過樹林，抵達河邊時，艾米莉亞剛好過完橋，進入對岸的森林。

用圓木做成的橋沒有柵欄，小孩子可能會不敢走，不過抱著雷烏斯的艾米莉亞還是順利通過了。

看到她的背影，阿格涅絲很想跟平常一樣摸頭誇獎她，可惜再也沒有那個機會。

「乖孩子。沒錯……看著前方向前跑就對了，連我們的份……一起活下去吧。」

阿格涅絲露出慈祥的笑容，目送直到最後都沒有回頭的艾米莉亞消失在視線範圍內。

『啊啊……這兩個孩子真的好可愛。將來一定會是可愛的女孩、帥氣的男孩。』

『這還用說。他們可是我跟妳的小孩。』

『尤其是艾米莉亞，絕對會被一堆男人盯上。不過，我只會承認打得贏我的男人。』

『不不不，是打得贏我吧？』

『沒辦法，那就打贏我們兩個吧。雷烏斯也是，希望他找個跟我一樣心靈堅強的女性。』

『是啊。希望他跟像妳一樣身心堅強，長得又美麗的女性結婚。』

『真是的，挑對象的可是艾米莉亞跟雷烏斯本人喔？相信這兩個孩子，默默守候他們吧。』

以前，菲利歐斯和蕾娜看著兩姊弟的睡臉這麼說過。

阿格涅絲想起這段幸福的對話，將奇德放到地上，忍受著疼痛走到橋邊。

「奇德，你看到了嗎？艾米莉亞跟雷烏斯……平安過橋了。」

「啊啊……那就……好。最後就……交給妳……了。」

阿格涅絲點了下頭，揮下被鮮血染紅的拳頭，將獨木橋轟得粉碎。

「怎麼樣？這樣就行了吧？」

「…………」

奇德沒有回答。

就這樣，夢想未來可以跟兩姊弟一起喝酒的銀狼族戰士閉上眼睛……滿足地逝去。

「呼……真是個急性子的男人。明明……還沒完全結束。」

剩下自己一人的阿格涅絲還有辦法動，大可過河後再把橋毀掉，但她知道自己已經活不久了。

留在這裡的原因除了不想讓艾米莉亞再看見同胞死去外，她還有一件事該做。

「好了……就是你沒錯吧？」

巨大魔物——羅帝亞龍伴隨地震般的巨響現身，一看到牠，阿格涅絲就明白了。

因為，她在羅帝亞龍散發出的無數魔物的血腥味中，聞到自己當成兒子對待的菲利歐斯的味道。

一股想立刻用拳頭教訓牠的衝動襲來，阿格涅絲卻異常冷靜，也許是因為處於全身是傷的極限狀態，令她能維持鎮定吧。她發現羅帝亞龍是基於食欲行動的。

「原來如此，還沒吃夠嗎？可是在吃掉我之前，先陪我玩玩吧。」

這隻魔物這麼巨大，很有可能過得了背後那條河，艾米莉亞和雷烏斯還在對岸。她把兩人當成孫子呵護，為了那對姊弟，阿格涅絲不惜犧牲性命。

最後……

「放馬過來！想過去就先過我這一關！」

阿格涅絲・菲瑪斯以一名戰士的身分，用雙拳戰鬥到最後一刻。

在那之後……艾米莉亞與雷烏斯順利逃過魔物的追擊，失去家族及同胞卻在他們心中留下深深的創傷，途中還被奴隸商人抓到。

淪為奴隸的兩姊弟度過一段辛苦的日子，之後被天狼星拯救，臉上重新出現笑容。

在師父天狼星的訓練下茁壯成長的艾米莉亞和雷烏斯，不僅回到故鄉，還殺了家族、同胞的仇敵羅帝亞龍。

這當然是多虧兩姊弟至今以來的努力，可是，正因為有犧牲性命讓他們逃掉的父母，以及守護他們到最後的三位銀狼族，他們才有辦法走到這一步。

然而……足以稱之為英雄的三人的活躍，沒有半個人知道。

部落裡的村民無人生還，艾米莉亞當時也只顧著逃命，從來沒有回頭，因此這也是理所當然的。

三人並非想成為英雄，純粹只是想拯救這對姊弟。

自己拚上性命拯救的兩人不僅平安存活下來，還為部落報了仇，他們也可以安息了吧。

於是，三位英雄的功績沒有留存在任何人的記憶中，與他們的生命一同消逝。

然後，時光流逝……

「這樣就……完成了呢。」

「嗯！剩最後一步了。」

擊敗羅帝亞龍的隔天，兩姊弟準備用小刀在墓碑上刻下家人與同胞的名字。

總共有近一百個人，不過大家的名字一下就想得出來，因此不成問題。

然而……正要刻下雙親菲利歐斯跟蕾娜的名字時，艾米莉亞突然停下手來。

「……要從誰開始刻？」

部落裡的人都是家人，是重要的存在，艾米莉亞有種靠刻名字的順序排序的感覺，不禁停在那邊。

繼續煩惱也不會有結果，所以艾米莉亞決定乾脆從鄰居開始刻，發現旁邊的雷烏斯對她伸出手。

「欸，姊姊。那可不可以讓我來刻？」

「可以呀。」

雷烏斯接過小刀，刻下名字……

阿格涅絲・菲瑪斯。

奇德・尤利恩。

里特・薩吉多。

那是……保護他們到最後的三個人。

「好懷念喔。婆婆、叔叔和哥哥……大家人真的都很好。」

「我從來沒聽妳提過哥哥，原來妳有哥哥呀？」

「不是的，我們沒有血緣關係，但他們都把我跟雷烏斯當成真正的家人疼。是非常強，又非常溫柔的人。」

「原來如此，所以雷烏斯才先刻他們的名字。」

「…………」

「雷烏斯？」

本應無人知曉的英雄們的功績……唯有一人記得。

那個時候被飛奔而逃的艾米莉亞抱著，唯一看得見後方的那個人……

「沒事。不知道為什麼……就是想先刻他們的名字。」

當時，雷烏斯並沒有完全清醒。

由於他意識模糊，又只有短短一瞬間看到後面，雷烏斯連是誰救了他們都不確定。

他反而一直覺得那是在作夢或看見幻覺。

不過打倒羅帝亞龍為族人復仇，想起所有人的名字後，雷烏斯的手自然而然動了起來。

也就是說，他無憑無據，只是基於本能刻下這三個名字。

可是，與名為絕望的魔物群對峙的他們——勇敢的英雄們的背影……

「他們是怎樣的人？」

「這個嘛，總之，是非常帥的人。」

無疑深深烙印在了雷烏斯心中。

番外篇《「G」的旅途》

「唔……就是這裡。」

經由一條用神祕的強大力量在山中開闢出的道路，老夫抵達深山內的一棟房子。和老夫在城裡問到的情報一致。

是棟給貴族住不夠大，外觀有點老舊的房子……不過看起來是個安靜的好地方，難怪天狼星說這裡待起來很舒服。

天狼星說過他們離開後這棟房子會空下來，老夫卻感覺到裡頭有人居住。

走到門前時，一名老者發現老夫，停下修剪枝葉的手跟老夫搭話。

「哦？這種地方竟然會有客人，真稀奇。」

是個比老夫小一些的老爺爺，可是看那充滿威嚴的態度及站姿，實在不簡單。這是在某個領域鑽研到極致的人才會有的氣魄。

然而，老夫來這裡的目的並非找架打。他似乎對老夫起了戒心，得先說明來意才行。

「您感覺也不像盜賊。是迷路了嗎？」

「你是……嗯……對喔，老夫沒聽說你的名字。總之這裡好像有個叫艾莉娜的女人的墓，沒錯吧？」

「……我們要不要先自我介紹一下？」

「也是，直接問你叫什麼名字不就好了。原諒老夫疏忽了。」

那人一副在懷疑老夫的樣子，不過搬出天狼星的名字後，他就露出心領神會的笑容。那傢伙的名字真好用。

「原來是天狼星少爺認識的人，怪不得這麼有魄力。我叫巴里歐。」

「老夫叫一騎當千。叫老夫當千即可。」

「當千先生嗎……那麼請問您為何到這個地方來？」

「嗯，其實老夫是來祭拜一個叫艾莉娜的人。」

「要不要先進屋裡？我幫您泡杯茶。」

「喔喔！那就麻煩你了。雖然路程不遠，老夫有那麼一點渴啊。」

他乍看之下解除了警戒，但老夫看得出來，這人連背對老夫的時候都在提防。威嚴和魄力是不錯……可惜肌肉不夠。真是太浪費了……明明稍加鍛鍊應該能成為頗有實力的戰士。

老夫喝著他泡的紅茶，感到有些遺憾。

「原來如此，您是聽天狼星少爺他們提過，才想來祭拜艾莉娜……感謝您專程而來。」

老夫一面享用巴里歐端出來的紅茶與點心，詳細說明來到此地的理由。反正無須隱瞞。

話說回來，這男人做的餅乾和茶挺美味的。雖然味道比天狼星和那個叫艾莉娜的女人做得淡，這樣也別有一番風味。

可是啊，你沒必要向老夫道謝，畢竟是老夫自己要來的。

「別客氣，要是沒有那個艾莉娜，老夫就不會見到天狼星。不直接去她墓前道謝，老夫不會滿足。」

「看來您是個性非常直率的人。我明白了，那麼我來帶路。要現在就去嗎？」

「是啊。老夫隨時可以出發，若你方便就拜託你了。」

「交給我吧。我馬上準備。」

現在才剛過中午，順利的話天黑前就能回到城內。

之後，巴里歐帶了各式各樣的道具，老夫在他的帶領下前往艾莉娜的墓。

本來聽說要進入樹木茂盛、雜草叢生的山內，房子後面卻有條人類可以走的道路。猛然一看會以為是獸徑，但礙事的樹都砍斷了，明顯是由人整頓過的道路。

「唔……比想像中還好走。」

「這條路似乎是天狼星少爺住在這邊的時候開闢的。不過不知道的人應該看不出來。」

「呵呵呵，很像那傢伙會幹的事。」

繼續向前走了一段時間後，視野突然一片開闊，來到百花盛開的廣場。

「哦……真壯觀。」

花園中心那棵特別大的樹下……就是老夫的目標。

「艾莉娜就在這裡沉眠。可以請您稍待片刻嗎？我想簡單打掃一下。」

「老夫很想幫忙……可是老夫很可能一不小心就把東西搞壞，還是在這等吧。」

於是，老夫決定躺在附近休息，等巴里歐打掃完。

老夫沉浸在不時會有清風拂過臉頰的悠閒氣氛中，想起叫諾艾兒跟迪的那兩個人說的往事。

聽說，天狼星他們在這跟龜殼硬如岩石的巨大烏龜戰鬥過。

好像是天狼星用魔法硬把烏龜翻過來，小子再拿劍刺牠的弱點。他還太嫩了啊。

既然你用的是剛破一刀流，就該直接把牠砍成兩半。萬一下次見面你敢揮出軟弱無力的劍，老夫定將你一分為二。

艾米莉亞不知道過得好不好？

真想再被那孩子叫爺爺。

想著想著，巴里歐就打掃完了，老夫從行囊裡拿出一瓶紅酒。

那傢伙說過艾莉娜喜歡紅酒，把它淋在墓碑上好了。正當老夫打開瓶蓋，巴里歐開口制止了老夫。

「那個……請問那瓶酒是？」

「老夫想把它淋在墓碑上，不行嗎？」

「是可以……但我好像看過那瓶酒。請問您是在哪買的？」

「嗯？在附近的城市。老夫說要買最貴的酒，店長就拿了這東西出來。來，儘管喝吧。」

「什麼!?難道那是價值十枚金幣的高級──啊啊!?」

他沒有反對，老夫便澆了下去，這傢伙卻在旁邊嚷嚷。只不過是一瓶酒，何必這麼吝嗇。

老夫將瓶中酒倒得一乾二淨，回頭看見巴里歐不知為何目瞪口呆地看著老夫。

「你那什麼表情？噢，不夠的話老夫還買了一瓶備用──」

「夠、夠了！我想那瓶酒由當千先生自己喝比較好……」

「是嗎？其實來這裡前老夫已經乾了一瓶，味道太高級，不合老夫的口味。給你好了，老夫不要。」

「什麼!?」

老夫將紅酒扔給巴里歐，重新站到墓前，低下頭。

雖然老夫從來沒見過妳，知道天狼星異於一般小孩的力量，還願意用愛扶養他，照顧他長大，老夫承認妳是個心靈堅強的女性。

正因為有妳在，老夫才能遇到讓老夫重獲新生的天狼星。

所以，老夫只有一句話要對妳說。

「……感謝妳。」

老夫對艾莉娜致上最大的謝意，站起來轉過身。

「已經好了嗎？」

「嗯，外人無須久待。一句感謝便足矣。」

「好的，那我們回去吧。」

像老夫這樣的老頭子祭拜這麼久，也只會給人家添麻煩。

老夫跟著微微揚起嘴角的巴里歐，離開艾莉娜的墓園。

「哦……所以現在你就是這棟房子的主人？」

「是的。賈爾岡商會買下這棟房子，便宜賣給了我。」

老夫邊與巴里歐閒話家常，一邊走下山，內容是關於房子的所有權。

原本的主人是天狼星的父親——不對，聽天狼星說那人是個無腦的貴族——那個無腦貴族亟需用錢，將房子賣給賈爾岡商會。

然後巴里歐辭去長久以來的管家職位，跟賈爾岡商會買下房子，用來靜靜度過餘生。

「雖然離城裡有點遠，卻是個適合悠哉生活的地方。而且……我還得定期幫她掃墓呢。」

嗯……看來他是自願幫忙的。

本來擔心他遇到盜賊或魔物，不過既然是他自己的希望，老夫也不便多說。

老夫點點頭，走到看得見房子的地方，感覺到一股不祥的氣息，抓住巴里歐的肩膀叫住他。

「……慢著。房子前面有人。」

「這裡什麼都沒有，所以連冒險者都很少看到。可能是盜賊吧？」

「數量超過十人。」

「那就是盜賊了。如果只是要搶走食糧倒還無所謂，但我不希望打掃得乾乾淨淨的房子被弄亂啊。」

嗯，輪到老夫出場了。

老夫摸了下背上的好夥伴，走到巴里歐前面轉頭對他說：

「老夫去砍了那群人，算是報答你為老夫帶路。」

「……什麼？那個，您不需要這樣。只要繞路去城裡雇冒險者……」

「麻煩。再說老夫也餓了，趕快把他們清掉吃飯。放心吧，老夫會注意別把房子弄亂。」

「當千先生!?」

老夫無視巴里歐的制止，走出森林，朝聚集在大門前的氣息走過去。

是一群裝備著外觀看起來莫名高級的武器及防具的可疑集團。

從裝備的等級判斷，也有可能是上級冒險者，但根據老夫殺了那麼多盜賊的經驗，這些人肯定是盜賊。

集團中有個格格不入的男人。異常肥胖，完全沒有盜賊該有的魄力，很像老夫最討厭的貴族。

「那男人是誰？」

「巴多米爾老爺？」

「喔喔！巴里歐，你跑去哪了？」

跟著老夫一起過來的巴里歐，看到那個男人大吃一驚。嗯……看來是認識的人。

「我去森林裡辦點事。請問您來這裡有何貴幹？」

「嗯，其實有件事想拜託你。希望你把這棟房子借給這些人。」

那個名字聽起來很像肉、叫做巴多米爾的貴族，指著旁邊的男人說。巴里歐搖頭拒絕。

「……恕我拒絕。因為我已經不再是您的隨從。」

「什麼!?你、你不是一直在為德利阿努斯家出力的隨從嗎？雖然你已經辭職，原本的主人有事拜託就該答應吧！」

「我的主人是您的父親。先不談這種小事了，請問這些人到底是？」

「什麼叫這種小事！不對，聽到我接下來說的話，你的態度也會變吧。仔細聽好，他們是最近興起的盜賊團。」

「唉……那麼，為什麼您會跟這些人在一起？」

「他們是我新的工作夥伴。我告訴他們附近的冒險者的情報，他們再去搶劫，分我一些情報費。所以我想把這棟房子當成他們的根據地。」

「……您墮落到這個地步了嗎？」

巴里歐失望地握緊拳頭，老夫則開始不耐煩。

簡而言之，就是要把這棟遠離城鎮的房子當成據點，在附近的街道搶劫對吧？

「您身為貴族的驕傲，已經蕩然無存了。」

「比起驕傲，我更需要錢！看看這些人的裝備。有這麼高級的裝備，怎麼可能輸給區區冒險者。」

「或許是這樣沒錯……但他們可是盜賊喔？現在回頭還來得及，請您再多想一下。」

「閉嘴！我沒有其他辦法了！女人幾乎逃光，兒子離家出走，剩下只有想要錢的囉嗦女人，還有庫存的魔導具跟房子。連你都走了，叫我該怎麼辦！」

「我早就跟您說過很多次，是您自己聽不進去吧？全是您自作自受。」

巴里歐本來好像是肉貴族的隨從，不過他現在講話毫不留情，完全放棄他了。肉貴族卻不想承認，纏著巴里歐不放。

「就算是自作自受，能賺錢不就得了？只要有這些拿著祕銀武器的人，一般的冒險者和魔物根本不是對手。愛搶多少就搶多少！」

老夫剛才就在想那些武器挺高級的樣子……他說是祕銀的？這麼缺乏鍛鍊的一群人擁有祕銀製的高級裝備，實在很可疑。

巴里歐大概跟老夫有同樣的想法，無奈地嘆了口氣。

「就算有高級的裝備，本人的實力不足就沒意義了。而且萬一他們遇見天狼星少爺那麼強的人怎麼辦？」

「哼，那種怪物怎麼可能隨隨便便就遇得到。」

「怪物？天狼星少爺是您的兒子喔？」

「他不是我兒子！那種怪物……我再也不想看到！」

一提到天狼星的名字，這個肉貴族就臉色發青，全身發抖。

雖然有許多事令人在意，老夫想先確認一點，拍拍巴里歐的肩膀問他：

「老夫問一下，這傢伙就是天狼星的父親？」

「是的。您知道他們斷絕關係了嗎？」

「聽過一些。也就是說，害艾莉娜受苦的就是這傢伙沒錯吧？」

「喂，這老頭是怎樣！你認識的人嗎？」

由於老夫打斷他們說話，肉貴族朝這邊瞪了一眼，不過老夫一回瞪，他就嚇得躲到盜賊背後。

哼，閉嘴看著吧。

「所以，是他嗎？」

「是的。我想他大概是比任何人都還要溫柔的艾莉娜唯一憎恨的人。」

「嗯。那就無須顧慮了。」

老夫本來就最討厭這種貴族，絲毫不打算留情。

看到老夫站上前，肉貴族顫抖不已，旁邊的盜賊同時拔出武器戒備。

「巴、巴里歐，你做什麼！快點叫這老頭退下！為我們家奉獻那麼久的你，竟然要反抗我嗎!?」

「我剛才也說過，我離開您的房子時講得很清楚，我再也不是您的隨從……」

「唔唔……本來還想留你一命，沒辦法。喂，幹掉他們！」

盜賊們聽從肉貴族的命令，拿武器對著老夫……全身上下都是破綻。空有外觀高級的武器，完全感覺不到足以讓肉貴族炫耀的強度。

老夫忍不住嘆氣，站在後面的巴里歐舉起拳頭，進入備戰狀態。

「雖然我不太擅長戰鬥，我也來幫忙。一、兩個人還有辦法應付……」

「不必。在那邊看著就好，很快就結束了。」

老夫飛奔而出，對最近的盜賊揮下好夥伴。

若是平常，老夫會直接將人砍成兩半，但這次考慮到地點問題，老夫沒用劍刃砍，而是拿劍身敲下去。

骨頭碎掉的觸感透過好夥伴傳來，下一刻，勉強看得見那名盜賊飛向遙遠的空中。

「「「…………」」」

「嗯，挺會飛的嘛。」

在這邊砍人會把房子附近弄髒。

既然如此，就用劍把盜賊敲得遠遠的。骨折再加上飛得那麼遠，不可能活得下來。

包含巴里歐在內的所有人都目瞪口呆，老夫則心滿意足。

砍成兩半當然最痛快，不過偶爾用敲的也不錯。記得那傢伙說過，這樣叫「全壘打」。

「哈哈哈！來啊，儘管上！否則……就由老夫進攻了！下一擊也要揮出全壘打！」

嗯，邊喊全壘打邊把人敲飛出去，挺過癮的。

老夫將盜賊一個接一個打飛，其中也有試圖用武器抵抗的人。

可惜那些外表看起來光鮮亮麗的武器，被夥伴敲一下就斷了，終究逃不過被老夫打飛的命運。

收拾掉所有的盜賊後，老夫站到肉貴族面前。

「沒了嗎？想打倒老夫的話，至少——不對，那種盜賊就算有無限個，還是一輩子都贏不了老夫。」

「什麼……怎、怎麼可能!?他們拿的可是祕銀製的武器喔!?」

「哼，你說這是祕銀？」

老夫撿起掉在地上的武器，當著嚇得腿軟的肉貴族的面，用力握住劍尖及劍柄。

那把劍就這樣應聲而斷，老夫將它扔到肉貴族前面。

「這是虛有其表的假貨。真正的祕銀連老夫都折不斷。」

「嗚……啊……這不是真的……我最後的機會……就被那些假貨……」

也就是說，那群人是只會虛張聲勢的盜賊，想誆騙這個肉貴族。

看來他被逼到連這種假貨都騙得到他了。這副模樣既可憐又窩囊，不過與老夫無關。

「接下來輪到你了。手和腳，你希望老夫先砍哪一個？」

「只、只不過是個冒險者還敢對貴族出手，我讓你吃不完兜著走喔!?」

「啊？抱歉抱歉，老夫最近有點耳背，聽不太清楚。畢竟老夫是個老頭子嘛。所以——是從手開始對吧？」

「嗚……嗚啊啊啊啊——!?」

肉貴族逃進載他們到這裡的馬車中，大聲對車夫下令，一溜煙地逃掉。

「嗯，這樣他應該就不會再到這邊鬧事，老夫也該走了。多謝關照。」

「我才要謝謝您，可是這樣好嗎？對方姑且算是貴族，放著不管可能會去通緝您……」

「這可不是在炫耀，老夫在各個地方都惹過貴族，這點小事早已習慣。」

「虧您到現在都沒出事……」

老夫會去惹的只有愚蠢的貴族，再加上去到哪就會順便除掉那邊的盜賊，在冒險者公會的評價並不差。

至於那些想陷害老夫的傢伙，用這把劍就能解決所有問題。

「你無須在意。而且……」

「……而且？」

「老夫……從沒說過要放走那傢伙。」

「唔……睡得真飽。」

與巴里歐道別的數日後……老夫在某座城市的旅館醒來。

雖然繞了點遠路，處理好一件事情，令老夫神清氣爽。下床後，老夫來到旅館的食堂。

昨晚心情一好，似乎不小心吃太多了，今天該克制一下。老夫如此心想，叫來服務生點餐。

「把菜單上的東西全部送上來。」

「咦？」

每次點餐都會嚇到人……有那麼奇怪嗎？

起初，服務生拒絕了老夫，不過只要拿出金幣，他們就會乖乖上菜。老夫享用著不停端上桌的料理，從跟老夫住在同一間旅館的冒險者口中聽見幾個傳聞。

聽說，某個貴族家毀了一半。

屋子被一分為二，強烈的衝擊波將屋子的一部分轟得粉碎。

那名貴族差點遭到波及，最後幸運撿回一命。

犯人……依然是個謎。

「嘖……算他走運。」

「嗯?客人，請問您說了什麼嗎？」

「沒什麼。下一道還沒好嗎？」

「差點忘了。現在為您上菜。」

順帶一提，老夫昨天只是在肉貴族家附近訓練。

然後不小心沒控制好力道，有幾道斬擊和衝擊碰巧朝房子飛過去……絕非刻意為之！

那人是個在冒險者的情報網中惡名昭彰的貴族，大部分的人都覺得他罪有應得，毫不同情。

既然老夫已經發洩完心中怨氣，肉貴族就再也不關老夫的事，因此老夫節制地只把菜單點上一輪，吃完早餐，前往目的地艾琉席恩。

◇◆◇◆◇◆

過了幾天……老夫抵達艾琉席恩。

老夫之所以來到此地，是為了拿老夫的好夥伴——大劍「紅蓮」給那個怪老頭看看。

夥伴雖然還是一樣堅固，最近揮起來總覺得不太對勁。這把劍老夫也用了十年以上，說不定是時候出問題了。

無論如何，老夫都想先讓人檢查一下，才來找鍛造這把劍的怪老頭。

老夫憑著他的外貌蒐集情報，找到怪老頭的店……店名叫滅殺金剛什麼鬼的，長得不得了。他似乎還是老樣子，命名品味爛到極點。

可是，在店名後面加個「蠢蛋」就跟這家店完全搭得上了。讓老夫幫他加上去吧。

「還想說怎麼有股熟悉的氣息……原來是你嗎，你這白痴！」

「喔喔，出現了嗎？老夫先在外頭辦點事再進去，你先回店裡吧。」

剛朝看板伸出手，一個矮小腿短的怪老頭就從店裡走出。

不僅是命名品味，連外表都跟以前一樣。

「不是吧，你這白痴！你想對我的店的看板做什麼！」

「怎麼？竟然糟蹋老夫難得的好意。不識相的傢伙。」

「囉嗦！到底有什麼事！」

「你這傢伙怎麼都沒變，還是那麼煩。來，老夫是來讓你看看這把劍的。盡情檢查吧。」

「你才是都沒變！應該是『請幫我檢查一下』才對吧，你這白痴！」

「吵死了！還不都是你鍛的劍有問題！」

「什麼!?它可是為你量身訂做的，怎麼可能有問題，你這白痴！要是什麼問題都沒有，小心我用鐵鎚敲死你喔你這白痴！」

「行！有種來啊！」

這傢伙真的很煩人，不過在劍的方面——只有在劍的方面是個可以信任的怪老頭。因此老夫將揮劍時的異樣感據實以報，怪老頭嘴上在抱怨，還是將老夫請進店裡，開始檢查。

他一下用鐵鎚輕輕敲，一下揮動它……最後納悶地歪過頭。

「嗯……不愧是我的最高傑作。雖然有一點缺口，整把劍完全沒歪掉。你說是哪裡有問題啊，你這白痴！」

「劍變輕了。」

「不是劍變輕，是你力氣變大，你這白痴！你的身體到底是什麼構造！」

「嗯，老夫找到了新目標，不只力氣變大，也學了不少技術，所以希望你把重心調前面一點。立刻弄好。」

「哪可能一下就弄得好！至少要好幾個月，你這白痴。」

「唔……好吧。」

既然是把生命寄託在他身上的好夥伴，只能妥協了。

於是，老夫在店裡找起夥伴重獲新生前拿來代替它的劍，想起一件要事。

「喂，老頭子！是不是有個叫天狼星的人族和銀狼族姊弟來過？」

「啥？喔，對啊你這白痴。幫了我很多忙的男孩、跩得要命的臭小鬼，還有個跟孫女一樣的可愛女孩。」

「嗯，看來他們順利找到這裡了。你應該有給艾米莉亞一把好武器吧？」

天狼星已經有優秀的武器了，老夫記得有在信上叫他送好東西給艾米莉亞當武器。至於小子……那不重要。

「你這白痴！我用五枚銀幣賣給她最好的小刀！」

「什麼！」

老夫忍不住一拳捶向桌子。

這一擊把桌子弄壞了，但現在可沒時間管這種小事。

「為何收她錢！你反而該給她銀幣當零用錢吧！」

「你這白痴！我有說我不收，艾米莉亞卻堅持要給錢！真是個又乖又可愛的女孩！」

「這不廢話嗎！艾米莉亞可是我孫女！」

「她才不是你孫女，你這白痴！」

之後，老夫與怪老頭用拳頭溝通了一下，最後決定艾米莉亞是雙方的孫女。

老夫的直覺感應到一股奇怪的氣息，不過算了，別管它。

結果，夥伴得花一段時間才能調整好，老夫只得暫時在艾琉席恩住下。

一直跟那個怪老頭講話也是浪費時間，因此老夫打算去城裡散步，順便找旅館和吃飯，然而……

「老頭子，老夫背後空空的，給把劍讓老夫代替一下。」

「劍？你就背著這東西吧，你這白痴！」

怪老頭給老夫一個形狀勉強稱得上劍的鐵塊。要說的話更像鈍器類……罷了，反正重量跟夥伴差不多。

走在街上時，一堆人盯著老夫，但老夫毫不在意，繼續尋找某家店。

「記得是……賣什麼來著的商會？」

這個商會是以前遇見的迪和諾艾兒推薦的。

聽說是那個創造出各種料理的傢伙贊助的商會，想必能端出足以令老夫大吃一驚的料理，老夫才特地前來。

找了一會兒，發現一家叫賈爾岡商會的店，旁邊還有家氣氛跟其他建築物明顯不同的店。

「看來就是這裡。唔……好香的味道。」

賈爾岡商會有許多客人，一堆人都在買招牌上寫著「旅途必需品」的東西，老夫卻更在意隔壁那家店。

走近一看，這裡好像是賣食物跟茶的店。肚子正好餓了，先去這邊吃點東西吧。

「歡迎光臨賈爾岡茶館。請問一位嗎？」

老夫走進掛著「蛋糕發源地」看板的店家，身穿女僕裝的女服務生立刻出來招呼老夫。

不曉得是不是時間剛好，客人沒有很多，老夫沒等多久就入座了。

看完一遍菜單，總之先照平常的方式來。

「菜單上的料理跟蛋糕統統都要。不用管順序，做好就直接端上來。」

「好的。」

「哦……」

老夫忍不住讚嘆出聲。

至今以來，老夫去過各式各樣的店這樣點餐，服務生絕對會再向老夫確認一次有沒有點錯，或是試圖阻止老夫。

相較之下，這家店什麼都不問。大概是把服務生教得很好吧，不愧是那傢伙贊助的商會。

不過……她是不是有點太習以為常了？

彷彿常常有人像老夫這樣點餐……

在老夫沉思的時候，服務生端來蛋糕，放到老夫桌上。

「這是本店的招牌蛋糕套餐。其他餐點請您稍等一會兒。」

跟迪做的蛋糕是同一種口味……可是有點小。

那傢伙和迪做的蛋糕是圓圓一大個，這家店卻只有一小片。

總之，老夫先用叉子叉了一口，味道挺不賴的。

然而，這麼小塞牙縫都不夠。

「唔……太少了。抱歉，可以再多拿一些來嗎？」

老夫向經過附近的女服務生又點了一次餐，一口氣喝光熱紅茶……

「真是……蛋糕是要優雅品嘗的食物好嗎。」

身後的座位傳來抱怨聲……這個聲音令人莫名不爽。

我回頭瞪過去，那一桌坐著一名瘦弱男子，以及感覺得出他實力堅強的男人。

剛才的聲音好像出自於老夫不認識的青年口中……不過憑那想忘都忘不掉的聲音，一聽就聽得出來是誰。

肯定是人稱魔法大師的那個妖精族變態魔法師。

外表跟老夫記憶中的不一樣，八成是用魔法或魔導具變裝了。休想瞞過老夫的眼睛與直覺！

「你這傢伙在這幹麼？」

「看不出來嗎？在吃蛋糕啊。跟你不一樣，優雅地享用……對吧？」

「優雅？你這傢伙只會一個勁兒地狂放魔法，還知道優雅這詞啊？」

「失禮了。對只懂得用劍的你使用這個詞是我的錯。我向你道歉。」

老夫跟這傢伙臉上掛著笑容，卻釋放殺氣互瞪，導致附近的客人及女服務生紛紛遠離。

「要道歉就正經點！你的魔法害老夫吃盡苦頭！你這個打到一半突然砸山下來的傢伙！」

老夫死都不會忘。

那是數年前……老夫接下冒險者公會的委託，加入隊伍殲滅某個盜賊團的時候。

老夫一殺出去，這男人就用魔法從上空砸下跟山一樣巨大的岩石。

老夫砍碎了一部分的岩石，好不容易避開，不過一個弄不好就會被活埋啊！

「那是因為你不聽作戰計畫，擅自突襲吧？我可是因為你把我的魔法砍掉才無法將盜賊一網打盡，該道歉的是你。」

「對區區盜賊用那種魔法的人才有病！想實驗魔法就滾去其他地方，別拿盜賊測試！」

「真不想被笑著屠殺盜賊的盜賊殺手指責。」

「你說什麼！」

「好吧……要來分個高下嗎？」

桌上的茶杯被殺氣震得微微晃動，老夫拿起代替好夥伴的鐵塊。

這傢伙雖然是個白痴，實力倒是無庸置疑。

所以用這東西應戰其實有點令人擔憂，但事到如今也沒其他選擇。

「我、我說麥格那先生！別再吃蛋糕了，快阻止他們！」

「不可能。硬要插手的話，被殺的會是我。」

老夫將騷動起來的外人自意識中排除，踏出一步準備用鐵塊砸那傢伙，就在這時……一位女性站到咱倆之間。

「好了好了，到此為止。這裡不是戶外，是人家的店裡面，在這邊鬧事就再也不能進來囉。」

平常老夫根本不會管那麼多，這位女性卻擁有足以令老夫不禁停下腳步的魄力與威嚴。

被潑了桶冷水的老夫放下鐵塊，蠢妖精也同樣解除備戰狀態，坐回椅子上。

「嗯，很好！要打架到城外去打。叔叔是很幼稚沒錯，不過老爺爺你也半斤八兩。」

「讓妳見笑了。」

「哼，小妹妹說得沒錯。」

「唔唔……很久沒有這種站在臨死關頭的感覺了。」

「公──不對，大小姐！請妳別再做這麼危險的事！」

「這點小事就害怕，還怎麼做我的工作。啊，可以點餐嗎？我要三份蛋糕套餐。」

「瞭、瞭解……」

哦……這個小妹妹不簡單。

一般人八成會被剛才的殺氣嚇得落荒而逃，她卻不為所動地坐在椅子上，甚至還有心情點餐。

老夫對她起了興趣，便觀察了一下，她在跟那個蠢妖精說話。

「叔叔也別跟人家吵架了，來吃蛋糕吧。今天可是難得的假日呢。」

「說得也是。那麼麥格那，快把那一整模的蛋糕拿過來。休想自己獨占。」

她似乎認識那個蠢妖精。不僅毫不畏懼咱倆的殺氣，還敢教訓人……這個膽量，看來並非常人。

小妹妹幸福地吃起蛋糕，其他人也逐漸冷靜下來，因此老夫也坐回位子上吃飯。發生這樣的事件，服務生們仍然立刻恢復鎮定。

正當老夫享用著雖然比不上迪，味道難得稱得上不錯的料理時，剛才那位小妹妹坐到老夫對面。

疑似隨從的兔族獸人和鍛鍊不足的青年則在她身旁待命。

「幹麼？剛剛是那傢伙先來找碴的喔？」

「我並不在意那件事。其實，有件事想請教您。」

「若妳不介意老夫邊吃邊答就問吧。」

「謝謝您。我聽在那邊吃蛋糕的那個人說了，您就是那位鼎鼎有名的萊奧爾先生對嗎？」

她將音量壓低到其他人聽不見的程度，老夫點頭承認。既然是聽那個蠢妖精說的，瞞也瞞不過去。

「是沒錯，但老夫現在的名字叫一騎當千。希望妳叫老夫當千就好。」

「那麼當千先生……我叫莉菲爾，是管理艾琉席恩的王族子嗣。其實有件事想拜託您。」

「老夫討厭王族跟貴族。」

老夫露出不耐煩的表情。

這個叫莉菲爾的小妹妹從懷裡拿出一個手搖鈴晃了晃。

接著馬上有人從廚房端出一大塊肉和一整個大蛋糕，送到老夫面前。

「別客氣，請您盡情享用。您願意聽我說就夠了。」

「……行。老夫就聽妳說幾句。」

「謝謝您。其實很簡單，我想請您教城裡的士兵劍術。報酬當然不會少給。」

「果然是這個嗎？真麻煩……」

「不然陪他們進行幾場模擬戰就好。我想讓他們感受一下您的力量。經驗是很重要的。」

「哦……妳挺懂的嘛。可是由老夫當他們的對手，可能會把他們打殘喔？」

「這點我明白，參加的人都是自願的。其實我旁邊這位梅爾特也希望接受您的指導。」

「為了保護她，我想變得更強。當千先生，可以麻煩您嗎？」

這男人……雖然訓練得還不夠，眼神倒不錯。跟那個為達目的，連老夫都會試圖超越的小子很像。

「我想讓我們城裡的士兵接受世界最強的指導。若有貴族纏上您，我會立刻處理，您意下如何？」

「老夫已經不是世界最強囉……」

自從輸給天狼星的那一刻起，就再也不是了。

既然那傢伙沒有報上這個名號，世界最強依舊是老夫……解釋起來也很麻煩，乾脆放著別管吧。

仔細一想，還要等上一些日子夥伴才能調整好，接下這個任務當打發時間也無妨。

「嗯……好吧。妳要負起責任喔？」

「謝謝您。那麼我立刻跟您說明今後的計畫——」

「算了吧，莉菲。那男人除了劍以外什麼都不懂，跟他說明只是白費脣舌。記得餵點飼料別讓他餓肚子就夠了。」

「你說什麼!?你才是一看到新魔法，眼神都變了。都一把年紀了還會興奮到不停喘氣，老夫都快笑倒在地啦！」

「你才是，看你揮劍時笑成那樣，實在非常經典。請一定要表演給城裡的士兵看看，讓他們對你幻滅。」

「想打架嗎！」

「可以啊！」

「停停停，就說不能在這邊打架了。」

老夫和妖精一站起身，小妹妹又跑來勸架，但這次跟剛剛不一樣，咱倆幹勁十足。

老夫握住背上的鐵塊，表示這次絕不收手時，小妹妹講出一句不容忽視的話。

「賽妮亞，我的妹妹有個朋友叫艾米莉亞，她是不是跟我們提過當千先生？」

「是、是呀。艾米莉亞說當千先生是又強又溫柔的爺爺，真沒想到竟然是會在城裡打架的人……」

「唔!?」

「還有叔叔，我前幾天收到的信上寫了天狼星新發明的蛋糕食譜。你懂我的意思吧？」

「「…………」」

老夫與妖精默默握手。

本想捏爛他的手，不過老夫可是溫柔的爺爺，這次就原諒他唄。

就這樣，老夫之後得去跟艾琉席恩的士兵玩玩。

等夥伴回來後，立刻去追天狼星跟艾米莉亞。

真期待天狼星現在變得多強，艾米莉亞應該也越來越可愛了吧。

至於那小子……如果他接得下老夫的劍，到時再教他新招式好了。

老夫最後見到他們的時候，那三個人還是小孩子，一想到他們成長後的模樣，老夫不禁心生期待。

「對了對了，你好像非常喜歡艾米莉亞呢。要不要我跟你說說她在學校過得如何啊？」

「唔……雖然很不想從你這傢伙口中聽見，既然是艾米莉亞的事，老夫就聽一下吧。快說。」

「為何一副高高在上的樣子？算了。首先，她在學校是個非常優秀的學生。」

「那當然！」

「她為了天狼星努力學習，還把天狼星的魔法改造成自己專用的。其實那個魔法挺好用的，所以我也學起來——」

「你這傢伙！看老夫砍了你！」

「為什麼!?」

「艾米莉亞的魔法讓你來用，太噁心了！」

「唉……」

「喔喔喔喔……令人羨慕！竟然能親眼看著艾米莉亞成長……你果然是老夫的敵人！」

「……真誠實。」

「他就是這種人。」

唔唔唔……越來越想見艾米莉亞啦！

老頭子！不能快點把老夫的劍調整好嗎！

後記

各位好，好久不見。我是ネコ。

多虧有各位的支持，本作終於出到第六集了。真的非常感謝。

第六集，天狼星一行人跟妖精菲亞會合，主要角色終於全員到齊。

咦……萊奧爾？

那個……總有一天……會的。

畢竟那個爺爺是僅次於天狼星的犯規角，比較適合在幕後盡情大鬧。

要是他跟天狼星他們聚在一起，會成為無人能敵的隊伍，我預計讓他再在番外篇努力一段時間。

一開始的角色設定中，萊奧爾是個腦中只有劍術、對強者以外的人毫無興趣的嚴肅型爺爺……作者也不知道為何會變成這麼失控的角色。

我只能說……想寫搞笑劇情所以照著腦中所想的寫……結果就變成這樣了。

不過這樣也是個頗有個性的好角色，敬請期待爺爺今後的活躍。

菲亞總算跟天狼星他們會合，姊系角色的登場，會讓女主角艾米莉亞跟莉絲採取什麼樣的行動呢？

樣。

之後也請各位繼續關注三位少女之間的關係、雷烏斯的成長，以及北斗的忠犬

最後，感謝用插圖幫這個故事增添色彩的 Nardack 老師，以及協助本書出版的所有相關人士。我想這次就寫到這裡吧。

祈禱下次也能與各位見面……再會。

WORLD
異世界式教育特務
TEACHER

浮文字

WORLD TEACHER 異世界式教育特務 6

（原名：ワールド・ティーチャー -異世界式教育エージェント- 6）

著　者／ネコ光一　封面插畫／Nardack　譯者／Runoka
發行人／黃鎮隆　副總經理／陳君平
總編輯／洪琇菁　國際版權／黃令歡、李子琪
執行編輯／梁瓏　美術編輯／李政儀
文字校對／施亞蒨　企劃宣傳／邱小祐、劉宜蓉
出　版／城邦文化事業股份有限公司 尖端出版
台北市中山區民生東路二段一四一號十樓
電話：（〇二）二五〇〇—七六〇〇
傳真：（〇二）二五〇〇—二六八三
E-mail：7novels@mail2.spp.com.tw
發　行／英屬蓋曼群島商家庭傳媒股份有限公司城邦分公司 尖端出版
台北市中山區民生東路二段一四一號十樓
電話：（〇二）二五〇〇—七六〇〇（代表號）
傳真：（〇二）二五〇〇—一九七九
北部經銷／祥友圖書有限公司
電話：（〇二）八五一二—三八五一
傳真：（〇二）八五一二—四二五五
中彰投以北經銷／楨彥有限公司
電話：（〇二）八九一九—三三六九
傳真：（〇二）八九一四—五五二四
雲嘉經銷／智豐圖書股份有限公司 嘉義公司
電話：（〇五）二三三—三八五二
傳真：（〇五）二三三—三八六三
南部經銷／智豐圖書股份有限公司 高雄公司
電話：（〇七）三七三—〇〇七九
傳真：（〇七）三七三—〇〇八七
一代匯集／香港九龍旺角塘尾道六十四號龍駒企業大廈十樓B &D室
電話：（八五二）二七八三—八一〇二
傳真：（八五二）二七八二—一五二九
馬新經銷／城邦（馬新）出版集團Cite (M) Sdn. Bhd.
E-mail：cite@cite.com.my
法律顧問／王子文律師 元禾法律事務所
台北市羅斯福路三段三十七號十五樓
二〇一八年二月一版一刷

■中文版■

郵購注意事項：
1.填妥劃撥單資料：帳號：50003021戶名：英屬蓋曼群島商家庭傳媒(股)公司城邦分公司。2.通信欄內註明訂購書名與冊數。3.劃撥金額低於500元，請加附掛號郵資50元。如劃撥日起 10～14日，仍未收到書時，請洽劃撥組。劃撥專線TEL：(03)312-4212 ・ FAX：(03)322-4621。E-mail：marketing@spp.com.tw

國家圖書館出版品預行編目資料

WORLD TEACHER異世界式教育特務 / ネコ光一作；
Runoka譯. -- 初版. -- 臺北市：
尖端, 2018.2-　冊；　公分
譯自：ワールド.ティーチャー：異世界式教育
エージェント
ISBN 978-957-10-6594-6(第1冊：平裝)
ISBN 978-957-10-6704-9(第2冊：平裝)
ISBN 978-957-10-7316-3(第3冊：平裝)
ISBN 978-957-10-7527-3(第4冊：平裝)
ISBN 978-957-10-7746-8(第5冊：平裝)
ISBN 978-957-10-7939-4(第6冊：平裝)
861.57　106002468